자아 찾기ing

자아 찾기*ing

*
최상아 소설집

안녕, 잘 지내고 있어?
너의 하루가 궁금해.

너는 어떠한 너를 원해?
나는 어떠한 내가 될까?
지금 우리는,
정말 안녕한 걸까?

차례

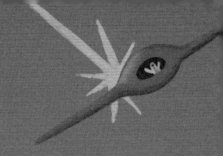

＊

리플리

"너를 리플리라고 부를 거야."

내 말에 휴머노이드가 눈을 동그랗게 떴다. 나와 꼭 닮은 눈빛이었다. 당연한 일이었다. 내 생체 세포로 만든 휴머노이드니까. 계획이 성공한다면 이 아이는 내 이름으로 불릴 것이다.

"리플리라고? 네 이름은 포타잖아?"

휴머노이드, 아니, 리플리가 득달같이 지적했다.

'내 성격과 정말 똑같군. 잘 만들었어.'

만족스러워 웃음이 났다. 나는 대답했다.

"다들 널 포타라고 부를 거야. 그렇지만 이 실험실엔 우리 둘뿐인데 서로 포타라고 부르는 건 싫어."

리플리가 고개를 끄덕였다.

"그건 그렇지."

바로 수긍하는 성격은 나와 다르다. 남과 같은 이름으로 불리는 것을 참을 수 없다는 점이라면 내 성격과 같다. 어느 쪽일지 모르겠다. 차차 살펴보기로 했다.

"이리 와 봐."

거울 앞에 선 리플리와 나는 정말 똑같았다. 쌍둥이라도 이렇게 똑같을 수 없을 것이다. 생김새뿐 아니라 걸음걸이, 표정까지 똑같다. 식성과 취향도 같으니 다들 속을 것이 틀림없었다. 성취감이 스멀스멀 나를 감쌌다.

이렇게 만드는 데 꼬박 1년이 걸렸다. 나를 무시하는 사람들이 내가 해낸 일을 알면 얼마나 놀랄까. 상상만으로도 고소했다.

"왜 리플리라고 정했어?"

리플리가 묻는다. 나는 대답을 망설였다.

당연히 우리 가족의 중요한 일을 입력해 놓기는 했다. 추억을 공유해야 할 일도 있을 테니까. 그렇지만 내 정신 상태를 의심받았던 일을 디테일하게 남겨 놓기 싫었다. 리플리만은 온전히 내 편으로 만들고 싶다.

형인 척하면서 온라인으로 친구 좀 사귄 걸 가지고 호들갑을 떨 필요가 있었나. 물론 신원을 도용하는 것은 심각한 범죄다.

그렇지만 난 잘난 것도 없으면서 지나치게 대접받는 사람을 응징하고 싶었다. 형의 평판을 형에게 맞도록 떨어뜨리는 게 무슨 죄란 말인가.

게다가 그 돌팔이 의사는 어떻고. 어디다 리플리 증후군이라는 말을 갖다 붙이는 건지. 더 한심한 건 관계자들이었다. 그 말을 철석같이 믿고 내 평판을 다운그레이드했다. 평판이 다운그레이드될수록 학교나 직업을 택할 수 있는 선택권도 줄어든다. 생각할수록 화가 난다.

'이 이야기를 다 해 버려도 좋을까?'

망설이다 다음에 하기로 했다. 아직 나와 완전히 동화했다는 확신이 없다.

"리플리는 다른 누군가가 간절히 되고 싶어서 그 사람인 척하는 거야. 네가 날 그렇게 생각해야 할 것 같아."

리플리가 가만히 나를 바라보다가 고개를 끄덕였다. 나를 의심하고 있었다. 나는 덧붙였다.

"차차 알게 될 거야."

나 때문에 우리 가족이 아름답고 고요한 인공 숲에 있던 집에서 밀려나 벌레가 날아다니고 시끄러운 진짜 숲 근처의 집에서 살게 되었다는 걸 굳이 말할 필요는 없다.

부모와 형이 나를 이런 짓까지 하게 만들었으니 피해자는 나다. 그들의 불편함을 리플리가 알 필요는 없다.

"나를 만든 건 불법이잖아?"

리플리가 또 목소리에 날을 세웠다. 슬슬 후회된다. 나와 똑같이 만들었다는 것을. 짜증을 누르고 입을 열었다.

"나는 곧 죽을 테니까 괜찮아. 지금 죽어 버리면 널 가르칠 수 없으니 그런 질문 하지 마."

"알았어."

"내가 잘 가르쳐 줄게. 휴머노이드라면 절대로 알 수 없는 것까지 전부."

리플리가 나를 존경 어린 눈으로 쳐다본다. 그렇지, 바로 이거다. 나는 나를 부러워하는 존재가 필요했다. 대단하지도 않은 형을 부러워하는 인간들 사이에서 형 흉내를 내는 것도, 불공평함에 화를 내는 것도 다 지쳤다.

결코 끝나지 않을 일에 희망을 품을 수 있었던 건 인공 숲이 있는 제1지구에서 제3지구로 밀려난 덕분이었다. 결국 내가 나를 살렸다고 해야 할까.

이사 온 첫날 진짜 숲을 산책하다 버려진 이 실험실을 발견했다. 아무도 찾지 않을 진짜 숲속, 그것도 무척 깊은 곳에 있는 것으로 보아 내놓고 만들 만한 것을 위한 실험실이 아니라고 직감했다. 특별할 게 없을 거라는 짐작으로 들어왔다가 온몸에 소름이 돋았다. 실험 집기들로 미루어 보아 미등록 휴머노이드를 만들던 곳이라는 점을 알아차렸기 때문이다. 드디어 나에게 기회가 온 것이었다.

원만한 성격과 예술적 재능을 지닌 형 같은 사람은 바로 신고했겠지만 나는 달랐다. 내가 형보다 뛰어난 것은 과학적 사고뿐이다.

실험실을 보자마자 바로 느낌이 왔다. 그동안 꿈꿔 온 것을 이룰 수 있는 기회라고. 자살과 복수 말이다. 내가 말했다.

"널 만든 사람은 나지만 사실 네가 날 돕는 거야. 당장 내가 죽는다면 형인 척하는 사실을 걸려서 죽었다고 두고두고 욕먹을 텐데, 죽어서까지 그런 소리 듣기 싫어."

리플리가 고개를 끄덕였다. 좀 전과 달리 순한 눈빛이다. 도와달라는 말을 했기 때문이다. 알고 보면 나는 엄마 말처럼 다루기 힘든 인간이 아니다. 부탁한다거나 도와달라고 하면 기꺼이 해 줄 수 있는 것도 많았다. 당연히 해야 한다거나 무신경하게 시키는 태도 때문에 화를 낸다는 것쯤 알아챌 때도 되지 않았나. 아니다. 그런 인간들 때문에 스트레스 받을 필요는 없다. 곧 끝날 일이니까.

내가 꿈꾸는 복수는 이거다.

리플리가 내 평판을 다시 업그레이드하고 모두 내가 변했다고 착각했을 즈음 그들 눈앞에서 펑 하고 폭발하게 하는 것. 지금 눈앞에서 죽어 줄 수도 있지만 고통스럽게 죽고 싶지 않다. 그 역할은 리플리가 대신할 것이다.

리플리에게는 비밀로 하기로 했다. 내 성격과 똑같이 만들었기 때문에 그 사실을 알게 된다면 당장 자살할지도 몰랐다. 그러면 지난 1년 고생도 소용없어진다. 아니, 1년 고생이 문제가 아니다. 열등한 것들과 단 1분이라도 섞이고 싶지 않다.

이대로라면 내 계획은 완벽했다. 단지 리플리가 폭발하는 순간 나를 무시했던 이들의 얼굴을 직접 못 보는 것만이 아쉬울 따름이다.

리플리가 물었다.

"내일부터 너희 집에 가면 돼? 아니, 우리 집 말이야."

"아니. 서로 맞춰 볼 게 더 있을 거야. 인간은 복잡하니까."

"그래."

리플리는 조금 더 실험실에 머물기로 합의했다.

나는 온라인 수업에 접속했다. 나중에 나 없이 리플리가 혼자할 수 있게 방법을 잘 가르쳐 주어야 했다. 리플리는 내가 실험실에 오래 있어도 되는지 걱정했다. 그런 건 걱정할 필요 없다.

온라인 수업에 참석하기만 하면 엄마 아빠도 내가 뭘 하든

간섭하지 않을 것이었다. 어차피 집에 있어 봤자 서로 불편하기만 했다. 날을 세우고 사는 것은 서로 피곤한 일이다.

리플리는 나와 함께 과학 수업을 들을 때 눈을 빛냈다.

"포타는 실험실에서 가장 활력이 넘치지."

여덟 살 무렵 아빠한테 들었던 말이 떠올랐다. 그때만 해도 아빠는 내가 자신을 닮아 과학적 재능이 있다고 기뻐했다. 나는 실험에 몰두하고 있는 리플리를 새삼 바라보았다. 내가 만든 존재가 나와 같은 취향을 가진 것을 보니 기분이 묘했다. 아빠도 이런 느낌이었을까.

"체세포를 더 추출해서 플랜트에 합성하면 어떻게 될 것 같아? 해 볼 수 있어?"

리플리가 도움을 청했다. 나는 실험실에 있던 추출기와 플라스크를 찾아 주었다. 리플리는 기뻐하며 자신의 체세포를 추출하려고 했다.

"넌 이제 완성됐으니까 내 체세포를 써. 그게 더 좋을 거야."

나는 추출기를 내 손끝에 갖다 대었다. 손끝부터 찌릿찌릿한 감각이 온몸에 퍼졌다. 나도 모르게 눈살이 찌푸려졌다.

"고마워."

리플리가 감동한 얼굴을 했다.

첫 체세포 실험을 할 무렵 아빠도 어린 내 세포를 쓰지 말라고 하며 똑같은 행동을 했다. 나도 리플리 같은 표정을 지었겠지. 그땐 적어도 아빠만큼은 나를 인정해 주었다.

물론 지금은 나와 눈도 잘 마주치지 않는다. 오히려 내가 다 망쳤다고 비난했다. 당연히 헛소리다. 내가 형 정보로 SNS 계정을 만들 만큼 외롭고 힘들다는 것을 짐작도 못 하는 이기적인 인간이다.

나는 리플리를 만들었지만 아빠는 나를 만든 것이 아니다. 리플리가 뭘 할 때마다 아빠와 연결해서 생각하는 것을 멈추어야겠다. 괜히 기분만 상한다. 내가 아빠를 이해할 필요는 없었다. 지금까지 이해받지 못했던 쪽은 나니까.

리플리는 나노 현미경을 눈에서 떼지 않았다. 나는 끈기 있게 기다려 주다가 한마디 했다.

"그렇게 오래 보고 있으면 눈에 안 좋아."

말을 뱉자마자 흠칫했다. 엄마가 하는 말을 왜 내가 하고 있나. 가지가지 하고 있다. 나는 그들과 다른 부류인네. 아무래도 리플리를 처음 대면하고 혼란스러운 것 같다.

위잉. 창문을 닫았는데 어디서 날벌레가 날아들었다.

"어떻게 들어온 거야."

나는 벌레를 손으로 찰싹 쳤다. 벌레는 손바닥 안에서 뭉그러졌다. 리플리가 그제야 현미경에서 눈을 떼고 내 쪽을 보았다.

나는 소독 시트를 꺼내 손을 닦았다. 리플리가 고개를 갸우뚱했다.

"네가 입력한 정보엔 분명 인공 숲 한가운데 살고 있었던 것 같은데 왜 날벌레가 있어?"

헉. 무방비 상태에서 훅 들어온다. 나는 침을 삼켰다.

"이사 온 거야. 사정이 있었어."

"다운그레이드된 평판 때문이야?"

리플리의 눈초리가 차갑다. 나를 원망하고 있었다. 빠져나갈 방법이 없었다. 나는 고개를 끄덕였다.

"억울한 일을 당했어."

"내가 알아야 하지 않아?"

나처럼 그냥 넘어가는 법이 없는 놈이다. 형은 내가 사람을 질리게 할 때가 있다고 했다. 나는 하는 수 없이 대답했다.

"형인 척했어."

"왜?"

"어떤 기분인지 알고 싶었지. 넘치는 평판을 알맞게 만들어 주려고도 했고."

내 목소리가 작아졌다. 리플리는 더 묻지 않았다.

어쩌면 나를 한심하게 생각하고 있는지도 모른다. 나 역시 다른 신원 도용자를 보면 그런 느낌이었다. 한심하고 지질하니 신원을 도용해서 남의 인생을 사는 거라는 게 정상적인 사람들의 인식이다. 물론 나는 그런 범죄자와 다르다고 생각한다. 형인 척 오랫동안 할 생각도 없었다. 그렇지만 결국 신원 도용자라는 사실은 변함이 없었다. 리플리가 곰곰이 생각하다 입을 열었다.

"내가 대신 살게 될 테니까 기왕이면 좋은 평판으로 살고 싶어."

내 눈이 커다래졌다. 이런 요구를 하리라고 예상 못 했다. 어쩌면 내 안에 그런 마음이 있었던 것일까? 업그레이드한 뒤에 잘 살고 싶은 마음이? 그럴 리 없다. 나는 복수해야 직성이 풀리는 인간이다. 억울한 건 못 참는다.

"할 수 있지?"

리플리가 대답을 재촉했다. 나는 자신 있게 그럴 것이라고 대답했다. 어차피 업그레이드 후에 폭발해야 극적이니까. 나는 마음을 가라앉히고 대답했다.

"너와 지내면서 네 데이터를 수정할 거야. 인간이라면 감성이나 성격의 수치를 조절하기 어렵겠지. 하지만 넌 휴머노이드니까 손 좀 보는 데 오래 걸리지 않아."

"그래. 고마워."

나는 집에서 챙겨 온 영양 캡슐을 꺼내 리플리에게 건넸다.

"음, 좋은데."

나처럼 리플리도 단맛을 좋아했다. 조금 쉬고 나서 우리는 홀로그램 패드로 수업에 재접속했다. 리플리의 홍채 인식으로도 아무런 문제 없이 접속할 수 있는 걸 보니 역시 나는 천재가 틀림없었다. 홍채 인식까지 통과할 수 있는 휴머노이드를 만드는 일은 아무나 할 수 없으니까. 내 마음을 읽기라도 한 듯 리플리가 감탄했다.

"나도 너랑 똑같은 대단한 재능이 있는 거 맞지?"

"나보다 나으면 나았지 못하진 않아."

리플리가 웃었다. 나와 똑같은 얼굴이 웃고 있다. 나도 마주 보며 웃었다.

이렇게 웃는 게 얼마 만인지 모르겠다. 기분이 좋았다. 함께 수업을 들으니 지루했던 시간도 잘 지나갔다. 내가 되고 싶었던 게 바로 이거였다. 나를 좋아하는 사람들과 시간을 보내는 것 말이다.

애초에 형이 되고 싶은 생각은 없었다. 과학도 이해 못 하고 주야장천 그림만 그려 대는 인간이 뭐가 좋다고. 가능하다고 해도 거절이다.

의사에게 수없이 설명했는데도 의사는 내가 형을 부러워한다는 판단을 내렸다. 멍청한 놈들이 항상 내 발목을 잡는다.

우당탕. 리플리가 기지개를 켜다 의자에서 미끄러졌다.

"괜찮아?"

나는 이상하다는 생각이 들었다. 나와 똑같은 신체 비율에 똑같은 운동 신경을 갖췄는데 왜 간단한 동작에 넘어질까. 이리 저리 살펴보고 데이터 수치도 확인했지만 다른 점은 없었다. 리플리가 말했다.

"잘못된 느낌은 없어. 단지 뇌에서 근육으로 오는 회로가 적응할 시간이 필요한 것 같아."

그제야 등록된 휴머노이드를 만드는 곳에선 완성된 휴머노이드끼리 운동 경기를 시킨다는 말을 들었던 게 떠올랐다. 아마 이런 이유일 것 같았다.

나는 이마를 찡그렸다. 리플리와 함께 운동할 대상이 나밖에 없기 때문이었다. 나는 운동이라면 질색이다. 그렇지만 리플리를 그대로 두면 분명히 나의 복수에 문제가 생길 것이다. 다른 방법이 없었다.

"나가자."

나는 리플리를 데리고 실험실을 나왔다. 버려진 실험실과 달리 진짜 숲의 공기는 상쾌했다.

"피톤치드 효과가 좋은데."

리플리가 숨을 크게 들이마시며 기지개를 켰다. 동작이 점점

자연스러워지고 있었다. 내일은 공을 가져와야겠다. 요즘 누가 공을 갖고 노느냐고 하겠지만 리플리를 적응시킬 책임은 나에게 있다.

나는 앞장서 숲을 걸으며 리플리에게 주의를 주었다.

"나무뿌리에 걸려 넘어지지 않게 조심해."

리플리는 비틀거리지 않고 잘 걸었다. 함께 걸을수록 기분이 좋아졌다. 어느새 숲을 한 바퀴 다 돌았다. 실험실에 올 때마다 느끼지만 인공 숲과 다른 매력이 있었다. 리플리는 긴장하고 걸어서 좀 지쳤다고 했다.

"그럼 저기서 좀 쉬자."

나는 이끼가 폭신한 나무 밑으로 리플리를 데리고 갔다. 나무 밑에서 올려다보는 하늘이 아름다웠다. 리플리가 물었다.

"이렇게 적응하는 건 어렵지 않지만 내가 너희 가족, 아니, 우리 가족과 잘 지낼 수 있을까?"

걱정되고 무서워도 인정하지 않는 나와 달리 리플리는 솔직한 마음을 드러냈다. 불안함을 인정하면 바보처럼 보인다고 믿었는데 의외로 그렇지 않았다.

내 감정 수치 그대로 리플리를 만들었으니 결론은 하나다. 나는 본래 솔직한 사람인데 좋지 않은 환경에 방치되다 보니 방어적 인간이 된 것이다. 나를 이해 못 하는 가족과 붙어 있으니 방어적으로 변할 수밖에 없지 않은가. 엄마 아빠와 형만 아니었다면 훨씬 더 좋은 평가를 받는 인생을 살았을 것이 틀림없었다. 생각할수록 화가 났다.

리플리가 내 눈치를 보고 있었다. 나는 리플리에게 잘할 것이라고 안심시켰다.

내가 만들었지만 나보다 잘해 나갈 것 같은 마음은 진심이었다. 오늘 처음 완성했는데 전부터 알아 온 것처럼 친밀한 느낌이 든다.

우리는 천천히 걸어 다시 실험실로 들어갔다.

"어! 이게 뭐야!"

실험실이 어질러져 있었다. 비커와 플라스크가 바닥에 떨어져 산산조각이 나 있다. 나는 서둘러 홀로그램 패드와 인공 지능 시스템을 살펴보았다. 다행히 잘 작동하고 있었다.

실험실 구석에 다람쥐가 있었다. 우리가 들어오자 놀랐는지 팔짝팔짝 뛰며 책상 위를 난장판으로 만들었다. 나는 다람쥐를 내보내려고 창문을 활짝 열었다.

"왜 창문을 열어? 벌레 들어오잖아."

리플리가 싫은 얼굴을 했다.

"다람쥐가 나갈 통로가 필요하……."

순식간이었다. 리플리가 다람쥐를 잡아 주먹을 꼭 쥐었다.

다람쥐가 몸을 축 늘어뜨렸다.

"뭐야? 죽인 거야?"

나도 모르게 큰 소리를 냈다. 리플리는 아무런 감정 없이 죽은 다람쥐를 창밖으로 던지고 창문을 닫았다.

"안 나가잖아. 실험실을 어지럽히게 둘 수도 없고."

리플리의 눈은 유리알처럼 고요했다. 비로소 나는 감정이 없다는 것이 다른 사람한테 무섭게 보일 수 있다는 사실을 이해했다.

'어차피 앤 나를 본떠서 내가 만든 거야. 잘 가르쳐 주면 되지.'

나는 한숨을 쉬고 말했다.

"쓸데없이 뭘 죽이면 안 돼."

"실험실에 다람쥐를 두면 더럽잖아?"

리플리는 이해할 수 없다는 표정을 지었다.

"죽일 필요까지는 없다는 말이야. 다람쥐는 문이 열려 있어서 들어왔을 뿐이잖아. 굳이 따지자면 문을 열고 나간 네가 잘못이지."

내 말에 리플리는 아무런 대꾸도 하지 않았다. 오히려 점점 더 알 수 없다는 얼굴을 했다.

지난주에 평가된 내 수치와 똑같이 입력했는데도 리플리와 나는 달랐다. 애초에 인간의 성향을 세세하게 전부 수치로 계산

하는 것 자체가 불가능한 일일지도 몰랐다.

역시 나는 잘못된 평가를 받은 천재다. 나를 감히 이런 식으로 평가하다니. 멍청이들은 과학은 못 하는 게 없다고 생각하니 어쩔 수 없다.

만일 내가 자살하지 않는다면 수치 계산에 오류가 있다고 밝힐 수 있지 않을까 생각하다 고개를 저었다. 멍청한 것들은 멍청하게 살도록 내버려 두는 편이 낫다. 그게 진정한 복수다. 그리고 휴머노이드를 인간 수치 그대로 만드는 것 자체가 불법이니 증명하기도 만만치 않다.

리플리는 설명해 주지 않으면 넘어가지 않겠다는 식으로 내 대답을 기다리고 있었다. 내 성격이지만 좀 피곤하긴 하다. 나는 감정을 누르고 설명했다.

"리플리, 다람쥐는 죽으면 다시 살릴 수가 없어. 휴머노이드를 만들 수고를 할 필요도 없고."

"다람쥐가 없으면 어떻다고?"

알려 주는 게 쉽지 않을 듯해서 쉽게 설명하기로 했다.

"동물을 죽이는 건 불법이야. 네 평판이 다운그레이드된다고."

"아, 알았어. 안 그럴게."

리플리는 한 번에 수긍했다. 나는 찝찝했다. 불법이니 죽이면 안 된다고 말하다니. 최악의 설명이었다. 이런 것쯤 알고 있어야 하는데 휴머노이드가 인간과 똑같을 수는 없는 법이다. 피곤하기도 하고 혼자 있고 싶었다.

"리플리, 오늘은 이만하자. 내일 올게."

리플리가 고개를 끄덕였다.

실험실을 막 나가려는데 리플리가 나에게 연락할 방법이 없다는 점이 마음에 걸렸다. 나는 내 스마트 메신저를 리플리에게 건넸다.

"무슨 일 있으면 나를 불러."

리플리가 눈을 동그랗게 떴다. 놀란 건지 감동한 건지 종잡을 수 없다. 나는 안심하라는 듯 손에 힘을 주었다.

"너니까 주는 거야."

가족에게도 맡기지 말아야 할 것이 스마트 메신저다. 자신을 인증할 정보가 전부 들어 있기 때문이다. 나는 리플리를 보고 웃었다.

"심심하거나 물어보고 싶은 게 있을지도 모르잖아."

"복제한 건가?"

리플리가 물었다. 나는 고개를 저었다. 내 평판에 복제까지 하면 끝장이다.

"집에 전에 쓰던 게 있어. 이거랑 별로 다른 거 없으니 오늘은 네가 이걸 써."

실험실 문을 닫으면서 나는 내가 평가받았던 것보다 훨씬 괜찮은 인간이라고 실감했다. 희생정신과 공감 능력이 없다고? 웃기고 있다. 나를 이해하는 인간은 아무도 없다.

나는 천천히 걸어서 집으로 갔다. 아직 이른 시간이라 집에 아무도 없었다. 신발을 벗는데 메신저가 왔다.

> 잘 갔어?

> 응, 그럼. 무슨 일 있어?

> 아니. 그냥. 내일 보자.

나는 어리둥절했다. 내가 뭘 잘못 만들었나? 아니면 내가 생각보다 자상한 스타일이었나? 그런대로 기분은 괜찮았다. 내가 만든 존재에게서 위안을 얻는 게 지질해 보일까? 내가 시킨 일이 아니니 멋쩍을 건 없다. 잘 돌아가는 듯하니 내일 오전에 한번 확인하고 오후엔 이 집으로 보내 봐야겠다.

거실에 앉아 있는데 엄마가 들어왔다.

"어, 포타 일찍 들어왔구나."

당황한 얼굴이었다. 나에게 무슨 말을 해야 할지 모르는 것 같았다.

"뭐 먹고 싶은 거 있니?"

"아니에요."

내 대답에 엄마가 나를 보았다. 평소처럼 무슨 상관이냐고 할걸 괜히 착한 척했나 보다.

"오늘 기분이 좋아 보인다."

"그런 거 없어요."

퉁명스럽게 답한 뒤 내 방으로 왔다. 엄마가 콧노래를 부르는 소리가 들렸다. 엄마야말로 기분이 좋은 것 같았다.

"뭐가 좋다고."

나는 빈정거렸다.

나 때문에 인공 숲이 있는 동네에서 이곳으로 이사 왔을 때 엄마는 울었다.

"난 제1지구 밖으로 나와 본 적도 없어."

평생 실패 따위 한 번도 겪지 않은 우리 가족에게 가장 큰 실패는 나였다.

"나는 늘 형에 견줘 실패만 겪었는데 이 정도는 아무것도 아니야."

나는 가족들이 내 심정을 알아주길 바랐다. 기대와 달리 가족들은 제3지구에 빠른 속도로 적응했다.

"여기서 잘 지내면 다시 이사 갈 수 있을 거야. 2년 정도 열심히 노력하자."

나를 뺀 셋은 다운그레이드된 내 평판을 커버하려 갖은 애를 썼다. 나는 또 소외되었다.

말은 하지 않지만 나를 어떤 눈으로 보는지 알고 있다. 나는 없는 사람만 못하다. 전에도 그랬다. 그런 취급을 당하지 않았다면 신원을 도용하는 일도 없었을 텐데 내 잘못으로 돌릴 뿐 아무도 반성하지 않았다.

"포타, 내일 병원 가?"

형이 내 방문을 벌컥 열었다.

"내일이 아니잖아!"

나는 날카롭게 소리쳤다. 형은 화를 누르려는 듯 한숨을 쉬었다. 그리고 새 광속 바이크 리모컨을 내 책상 위에 놓고 나갔다. 새 광속 바이크를 타라는 말을 하려고 한 것 같았다. 나는 짜증을 내며 혼잣말했다.

"병원 얘기를 왜 꺼내고 난리야. 그냥 이거 타고 다녀, 한마디면 되잖아."

나만 나쁜 놈 만드는 데 도가 튼 인간이다. 치밀어 오른 화를 꾹 참았다. 곧 이런 꼴 안 봐도 된다. 내 복수는 리플리가 잘해 줄 테니까.

리플리를 생각하면 마음이 부드러워졌다. 오늘 태어난 것과 마찬가지인데 실험실에서 혼자 뭘 하며 시간을 보낼까. 신경이 쓰였다. 메신저를 보내려다 그만두었다. 어차피 내 복수를 마치면 폭발할 휴머노이드일 뿐이다.

휴머노이드와 우정을 나누거나 사랑에 빠지는 인간들이 종종 있다. 그 인간들도 평판이 다운그레이드된다. 인간과 감정을 나누지 못하는 부류라고 여겨지기 때문이다.

나도 그동안 그런 인간들이 한심하다고 생각했다. 그러나 지금은 한심할 정도는 아니라는 생각이 들었다.

이튿날, 가족들이 전부 나가기를 기다렸다 집을 빠져나왔다. 오전에 산책한 다음 오후에 집으로 리플리를 보낼 계획이었다.

길이 나지 않은 숲을 가로질러 실험실 문을 열었다.

리플리는 아직 잠에서 깨어나지 않았다. 등을 동그랗게 말고 실험실 긴 의자에 누워 있는 모습이 나를 보는 듯했다. 홀로그램 패드에 밤새 이것저것 검색한 흔적이 있었다.

"어?"

검색 목록 중 체내 폭탄 제거 방법이 있었다. 이런 건 왜 검색했을까? 혹시 내 계획을 눈치챈 것일까? 그럴 리 없다. 리플리의 마지막에 관한 기록은 어디에도 없다. 그 계획은 내 머릿속에만 존재했다. 그런데 체내 폭탄 제거 방법은 왜 검색해 봤을까?

나는 조용히 리플리의 시스템을 점검했다. 불안 수치가 상승

한 것이 눈에 띄었다. 어제 나와 있을 때까지는 문제없었다. 자신에게 폭탄이 설치되었다는 사실을 알아챈 것일까? 아니면 그저 혼자 보내는 시간이 힘들 뿐일까?

"어? 언제 왔어? 깨우지."

리플리가 부스스 일어났다. 나를 보고 무척 반가워하는 얼굴이었다. 나는 영양 캡슐과 물을 주며 리플리의 상태를 살폈다. 불안 수치가 정상적으로 자리 잡고 있었다. 아무래도 혼자 보낸 시간이 힘들었던 모양이다.

"기지개 켜 봐."

내 말에 리플리는 순순히 팔을 주욱 늘렸다.

"이젠 안 넘어지네."

"응. 괜찮아."

리플리의 머리카락이 뭉쳐 있었다. 얼굴도 실험실 먼지로 번들번들했다. 완성한 지 하루밖에 안 됐는데 벌써 더러워졌다. 나는 소독 미스트를 리플리의 얼굴과 머리카락에 뿌렸다. 얼굴이 말끔해지자 한결 밝아 보였다. 리플리가 컴퓨터 앞에 앉았다.

"온라인 수업 접속해?"

"아니. 어제 종일 했으니 오늘 하루쯤 쉬어도 돼."

"그럼 뭘 할까?"

나는 거칠 것 없이 대답했다.

"운동한 다음 집으로 가면 좋을 것 같아."

"벌써?"

리플리가 긴장한 듯 입술을 깨물었다.

"걱정 마. 아무도 모를 테니까."

나는 리플리를 데리고 실험실 밖으로 나왔다. 바람이 불자 나뭇잎들이 흔들리며 쏴아 하고 기분 좋은 소리를 냈다. 나는 가방에서 고어텍스 공을 꺼냈다.

"뭐야? 이런 걸 어디서 구했어?"

리플리가 낄낄댔다.

"운동 신경 테스트용이야."

"지금도 이런 걸 써?"

나는 대답 대신 공을 던졌다.

"발로 차 봐."

리플리는 엉성한 포즈로 공을 찼다. 내가 대놓고 쳐다보자 기분 나빠하는 것 같아 나는 일부러 스마트 메신저를 만지작거렸다.

"이렇게 하는 거냐? 네가 한번 차 봐."

결국 리플리는 나를 불렀다. 나는 숨을 내쉬고 공을 찼다.

"뭐야."

리플리가 어이없어했다. 엉성하기는 나도 마찬가지였기 때문이다. 오히려 리플리가 더 나았다. 나와 리플리는 웃으며 둘다 엉성하게 공을 찼다. 리플리를 의심했던 마음이 사라졌다. 리플리는 나를 무척 의지하고 있었다.

아직 이른 아침 숲의 공기가 상쾌했고 촉촉하게 땀이 나는 기분이 좋았다.

"기분이 늘 좋지 않으면 운동 치료를 좀 받아 봐."

엄마가 했던 말이다. 나는 형과 달리 우울증 인자가 조금 더 높다는 말도 함께였다. 나는 딱 잘라 거절했다.

"아픈 사람 취급하지 마."

내 대답에 아빠는 우울증 인자가 과학적으로 증명되었는데 왜 줄이려고 노력하지 않는지 이해할 수 없다고 했다. 치료라는 말만 안 했다면 운동할 수 있는데, 부모라는 인간들이 그걸 알지 못했다.

"포타, 이제 그만하자."

리플리가 숨을 헐떡이고 있었다. 가족 생각에 나도 모르게 공을 너무 빨리 찬 것 같았다.

"미안해. 딴생각 좀 하다가."

"아니야. 내가 익숙하지 않아서 그렇지."

분명 리플리는 까칠한 성격일 텐데 나에게만은 그렇지 않았다. 내가 자신에게 호의적이라 그런 것 같다. SNS에서 형의 세컨

드 계정으로 형인 척했을 때 대부분이 나를 형처럼 원만하고 긍정적이라고 평가했다. 그들이 나에게 잘 대해 주었기 때문이다.

"집으로 가기 전에 더 조절할 게 없는지 볼까?"

내가 물어보자 리플리가 좋다고 했다.

나는 리플리와 내 그래프를 홀로그램 패드에 띄웠다. 운동하고 난 다음이라 평소보다 갈등이나 불안 수치가 낮게 나올 거라고 예상했지만 기대 이상이었다.

"이 정도면 당장 우리 집으로 가도 되겠어."

조금 들뜬 목소리로 내가 말하자 리플리는 알 수 없는 표정을 지었다. 나는 밀어붙이기로 했다.

"오늘 집에 갔다 저녁때 빠져나와. 어때?"

"…… 글쎄."

나는 리플리와 내 스마트 메신저를 바꿔 실시간 모드로 맞췄다.

"이렇게 하면 우리가 서로 뭘 하는지 다 알 수 있어. 잘 모르는 게 있으면 헛기침해. 그럼 내가 바로 알려 줄게."

"알았어."

나는 리플리를 등 떠밀어 집으로 보냈다.

실험실 소파에 누워 스마트 메신저와 홀로그램 패드를 연결

했다. 화면 속 리플리가 집으로 들어가고 있었다. 리플리는 들어가자마자 샤워를 하고 내가 침대 위에 올려 둔 실내복으로 갈아입었다. 내가 있을 때처럼 엄마가 들어와 리플리를 보고 흠칫 놀랐다. 나와 달리 리플리는 상냥하게 인사했다.

"엄마, 오셨어요."

엄마가 무척 행복하게 웃었다. 뭘 먹겠느냐는 물음에 리플리는 뭐든지 좋다고까지 했다. 엄마는 내가 몇 년간 영양 캡슐만 먹은 사실을 가슴 아파했다. 먹겠다는 말을 들은 것만으로 벌써 감격한 표정이었다.

"금방 해 줄게."

리플리에게 음식을 해 주는 엄마의 목소리가 상기되어 있었다.

엄마의 연락을 받은 건지 아빠가 들어오자마자 리플리에게 심리 치료 이야기를 꺼냈다. 리플리는 평판을 업그레이드하는 데 도움이 된다면 좋다고 대답했다. 아빠는 표현하지 않았지만 아주 만족한 듯 보였다.

"아무것도 모르면서 단순하긴."

나는 화면을 보며 구시렁댔다. 저러다 리플리가 눈앞에서 터져 버리면 볼만하겠다는 생각도 들었지만 한편으로 뭔가 씁쓸했다. 내가 저런 식이었다면 우리 가족은 행복했을까?

형이 커다란 홀로그램 패드와 그림 도구를 갖고 들어오다 펜을 떨어뜨렸다. 리플리가 펜을 주워 주자 형이 어쩔 줄 몰라 했다. 나는 당황한 형의 얼굴을 보며 웃었다.

형이 그동안 그린 그림들을 리플리에게 보여 주며 말했다.

"이거 생각나? 너 어릴 때 좋아하던 책인데……. 난 어려웠는데 너는 잘 이해했어."

형 그림 속의 내가 책을 보고 있었다. 리플리는 대번에 어떤 책인지 알아보았다. 역시 내가 입력한 정보는 틀림이 없었다.

"형, 그림 진짜 잘 그린다."

리플리의 칭찬에 형이 놀라며 말했다.

"넌 과학적이잖아. 네가 부러울 때도 많았어."

"요즘은 과학보다 예술이 더 높은 평가를 받는데, 뭘."

그때 아빠가 끼어들었다.

"그래도 과학이 바탕이지."

형이 그럴 줄 알았다는 듯 입을 삐죽거렸다.

"과학자니까 그런 소리 하죠."

나는 홀로그램 패드 영상에서 눈을 떼지 못했다. 기분이 이상했다.

리플리는 늦은 저녁까지 우리 집에서 시간을 보냈다. 그들이 원하는 모습으로.

리플리가 실험실에 돌아오자마자 감정 수치를 체크했다. 수치는 완벽했다. 리플리가 물었다.

"어때? 나 잘 지낼 것 같아?"

나보다 훨씬 더 잘 지낼 것 같았다. 순간순간 속이 상했지만 복수에 집중하기로 했다. 나는 리플리를 실험실에 두고 집으로 갔다. 가족들이 친한 척하는 게 기분 나쁘지만은 않았다.

다음 날 이른 아침에 내가 실험실에 도착했을 때 리플리는 벌써 일어나 있었다. 외출 준비까지 전부 해 놓은 뒤였다.

"일찍 일어났네."

리플리는 기대에 찬 눈으로 나를 보았다.

"응. 가족들과 얼른 만나고 싶어. 실험실은 외롭기도 하고."

저런 말을 하다니 내 체세포로 만든 게 맞나 싶다. 그렇지만 폭발 후 타격은 어마어마하겠지. 결과만 좋으면 되니까 상관없다. 가벼운 발걸음으로 나서는 리플리의 등 뒤에 대고 소리쳤다.

"점심 먹고 바로 와. 이것저것 마지막으로 체크해 볼 테니까."

스마트 메신저로 리플리를 감시했다.

리플리는 우리 집에서 더 행복해 보였다. 엄마 아빠는 심리 치료가 끝나면 그동안 내가 갖고 싶어 한 우주 비행 보드를 사 준다고까지 했다. 가관인 건 형까지 합세해서 리플리에게 잘 보이려 난리였다는 거다. 부모라는 인간과 형이라는 인간이 하는 행동을 보니 그렇게 암담하기만 하지는 않았다. 아직 자기들 잘못을 모르고 있긴 하지만 개선의 여지가 보였다.

"다시 잘해 볼까?"

나에게 어울리는 말은 아니었다. 그렇지만 죽어 버리긴 아까웠다. 복수의 장면을 직접 볼 수 없다는 점만 아쉬웠는데 이젠 저 삶에 내가 없는 것이 가장 아쉬웠다. 저들에게 뭔가를 바란다기보다, 그냥 이대로 끝내기에는 내가 너무 억울했다.

혹시 이 결정을 나중에 후회하게 되지는 않을까? 다시 리플리를 만들 자신도 없었다. 지난 1년, 내가 아무 일 없이 살아 있을 수 있었던 이유는 모든 에너지를 리플리를 만드는 데 쏟아부었기 때문이다.

홀로그램 패드 영상에서 형과 리플리는 한참 동안 이야기했다. 리플리가 대단한 행동을 한 것도 아닌데 집안 전체의 아슬아슬한 분위기가 사라졌다. 저 정도는 해 볼 만했다.

"그래. 내 자리로 돌아가자. 아직 살 가치가 있을 것 같아."

나는 리플리를 기다렸다. 리플리는 약속과 달리 점심시간이 한참 지나도 돌아오지 않았다. 나는 화가 나서 참을 수 없었다.

"멍청한 휴머노이드 주제에!"

스마트 메신저로 빨리 오라고 했지만 리플리는 대꾸조차 없었다. 감히 나를 기다리게 하다니. 더는 손을 볼 필요도 없었다.

실험실 집기를 발로 차 버렸다. 이제 필요 없으니까.

나는 지난 1년 동안 거의 날마다 온 실험실을 둘러보았다. 이제 곧 다 끝난다. 낡고 오래된 실험실 집기를 상자에 넣고 정리했다. 깨끗이 치우니 불법 휴머노이드를 만들던 공간이라는 것이 믿어지지 않았다. 누가 실험실로 쓰기 전엔 무엇을 하는 곳이었을까? 새삼 창문의 모양이 아기자기 예뻤다.

실험실 정리가 완전히 끝나고서야 리플리가 스마트 메신저를 보고 답을 했다. 즐거워서 시간 가는 줄 몰랐다고? 미안하단다. 웃기고 있다.

"미안해."

리플리가 헐레벌떡 실험실에 들어왔다.

"어?"

깨끗이 치워진 실험실을 둘러보더니 웃는다.

"나 이제 고칠 곳이 없구나? 나도 네 집 전부 마음에 들어. 잘해 보고 싶어."

나는 침을 꿀꺽 삼켰다.

"왜 그래? 내가 뭐 잘못했어?"

리플리가 내 표정을 살폈다.

"아니. 내 생각이 바뀌었을 뿐이야."

"생각이 바뀌다니?"

"죽을 생각이 없어졌어."

내 대답을 듣고도 리플리는 표정에 변화가 없었다. 나는 다시 한번 못을 박았다.

"우리 집에 돌아갈 거야."

"난 어떻게 할까?"

리플리의 목소리는 담담했다. 나는 일부러 아무 감정도 담지 않고 대답했다.

"분해해야 하겠지만 네가 원한다면 얼굴을 바꾸고 휴머노이드 등록해 줄 방법을 찾아볼게."

"필요 없으니 분해하거나 아니면 청소나 하는 휴머노이드로 만들겠다고?"

리플리가 나를 쏘아보았다. 나는 뻔뻔한 태도를 유지했다. 어차피 내가 만들었으니 미안할 이유가 없다.

"난 내 인생에 한 번 더 기회를 주고 싶어."

나는 휴머노이드 분해기를 집어 들었다.

"내가 싫다고 해도 분해할 거야?"

리플리의 목소리가 날카롭다. 슬슬 짜증이 났다.

"어차피 내가 만든 거잖아. 뭐 어쩌라고?"

"네가 그 모양이니 일을 이 지경으로 만든 거지."

"뭐라고?"

아빠가 내게 한 말 그대로였다. 온전히 내 처지에서 만든 리플리가 이럴 수 있나. 어이없는 나와 달리 리플리는 불같이 화를 냈다.

"전부 다 네 마음대로잖아. 넌 살아 봤자 또 그르칠 거야. 그런 놈이니까."

"그만해! 닥치라고!"

나는 소리치며 분해기를 집어 들었다. 리플리를 없애 버릴 계획이었다. 어서 처리한 뒤 분해물을 저장해 둘 상자를 찾으려고 고개를 돌리는 순간, 목에 묵직한 통증이 느껴졌다. 눈앞이 흐려졌다.

잠시 후 눈을 뜨니 나는 결박당해 실험실에 누워 있었다. 리플리가 나를 지켜보고 있었다.

"뭐 하는 거야?"

내 물음에 리플리가 빈정댔다.

"천재도 별거 없잖아. 어쩔 것 같아? 난 내 자리로 가는 거야. 넌 그대로 사라지면 돼."

놀라서 목소리도 나오지 않았다. 리플리는 내 입을 실험실에 널린 전선으로 막아 버렸다. 그리고 실험실 구석 작은 방에 나를 발로 밀어 넣었다.

"안녕, 포타. 아니, 이젠 네가 리플리지."

작은 방바닥에 체세포 분해 물질이 깔려 있었다. 내 체세포가 녹아내리고 있다.

리플리는 내가 변심하리라는 것을 짐작한 걸까. 언제부터 나를 의심했을까. 나를 온전히 믿지 못하는 것이 당연한데 내가 방심했다. 설명 없이 분해해 버렸어야 했다는 것을 깨달았지만 늦었다.

리플리가 실험실 문을 닫는 소리가 크게 들렸다. 발걸음이 멀어져 간다. 나는 눈을 감으며 중얼거렸다.

"그래 봤자 너도 오래 못 살아. 곧 폭발할 테니까."

그제야 체내 폭탄 제거에 관한 검색 기록이 떠올랐다. 나를 복제한 휴머노이드답다. 내가 사라졌으니 리플리는 완벽한 나로 살아갈 것이다. 내 복수는 실패했다.

*
베
프
를

만
드
는

씨
앗

지구에서 나는 친구를 사귈 생각이 없었다. '1년 동안 다른 별에서 살기 프로젝트'에 참여하며 결심했기 때문이다. 적응하기 위해 아무나 친구로 지내지 않겠다고.

친구는 같이 다니고 밥을 먹고 정보를 얻는 존재가 아니다. 특별하게 마음이 통해야 친구가 되는 것 아닌가.

나보다 먼저 지구를 여행한 아이들은 한목소리로 베프의 중요성을 강조했다.

"지구의 학교는 혼자 다닐 수 없어. 같이 하라는 것도 엄청 많더라."

"혼자 다니면 문제 있다고 생각하더라니까."

나는 그런 말들을 자신 있게 받아쳤다.

"1년 동안 서너 곳을 옮겨 다니잖아? 몇 달을 혼자 못 지내는 게 말이 돼?"

다들 내가 몰라서 그런 소리를 한다며 내 태도를 비웃었다. 지구에서는, 특히 내가 가는 곳에서는 혼자 있는 꼴을 못 본다고 떠들어 댔다.

그러나 지구에 와서도 내 마음은 변함없었다. 신별중 3학년 3반에 배정된 뒤로도 마찬가지였다.

특별히 눈에 들어오는 아이는 없었다. 고만고만 비슷비슷한 아이들 사이에 끼고 싶지 않았다. 나는 자발적 아웃사이더가 되었다. 혼자 있는 시간이 늘었지만 상관없었다.

늘 물에 잠겨 있던 내 별과 매우 다른 지구 환경에 적응하느라 나름 바빴다. 햇살을 받으며 물기 없이 돌아다니는 것은 짐작보다 기분이 좋았다. 소리가 선명하게 들리고 촉감도 더 생생했다. 무엇보다 좋은 점은 그림을 그릴 수 있는 것이었다.

나는 그림에 마음을 빼앗겨 다른 생각을 할 틈이 없었다. 특별 활동으로 미술부를 선택하자 더욱 바빠졌다.

3학년의 미술부 활동은 입시 미술이라는 테크닉을 익히는 데 모든 시간을 할애했다. 아름다운 그림을 감상하고 자유롭게 표현할 수 있으리라는 예상이 빗나가 처음에는 실망스러웠다.

하지만 점차 시간이 지날수록 연필 끝에서 음영이 살아나는 경험을 즐기게 되었다. 친구 사귀는 일 따위에 관심을 기울일 새가 없었다.

내 마음이 바뀐 것은 지난주 점심시간이었다. 나는 점심도 건너뛰고 창가 빈자리로 옮겼다. 자리 주인이 급식실에서 돌아오기 전까지 창밖 풍경을 스케치하고 싶었다. 할 수 있는 한 많은 그림을 완성해야 했다. 돌아갈 때 그림을 가져갈 수 없어 아쉽지만 홀로그램 패드에 사진을 남기면 두고두고 볼 수 있을 것이다.

우리 반 교실은 4층에 있어 운동장 너머 큰길까지 한눈에 보였다. 그림 그리기에 알맞은 높이다. 아이들이 급식실로 몰려간 덕분에 한적한 교실 분위기도 좋았다. 한창 열중하는데 스케치북 위로 그림자가 드리웠다. 예지였다. 예지가 내 그림을 들여다보고 있었다.

"아, 미안."

나는 주섬주섬 스케치북을 챙겼다. 자리 주인이 이렇게 일찍 돌아올 줄 몰랐다.

"아니야, 그냥 앉아 있어."

예지가 내 어깨를 살짝 눌렀다. 그리고 앞자리에 앉아 스케치북 한쪽 면을 가리켰다.

"여기에 반대쪽 건물하고 비슷한 크기의 건물을 그려 보면 어때?"

"뭐?"

나는 뜻밖의 제안에 대답하지 못했다. 내가 창밖 풍경을 그대로 그린다는 것을 아는 애가 왜 이런 말을 할까. 예지가 차근차근 설명했다.

"여기 길이 사선으로 지나가잖아? 대비되는 건물 사이에 도로가 있으면 구도가 더 좋을 것 같아."

예지 말을 듣고 보니 수긍이 갔다. 나는 맞은편 빈 공간을 작은 집으로 채워 보았다.

"우아!"

예지의 말은 완벽하게 들어맞았다. 건물 하나로 그림 분위기가 훨씬 세련되게 바뀌었다. 나는 감탄하며 예지를 바라보았다.

"어떻게 알았어? 꼭 그대로 그려야 하는 건 아니지만 생각도 못 했어."

예지가 웃었다.

"네가 묘사를 잘하니까 더 멋있어 보이는 거야. 미술부에서도 늘 잘한다고 생각했어."

"너 미술부야?"

예지는 미술부를 최근에 그만두었다고 했다.

"예고 가려고 했는데 마음이 바뀌었어. 하고 싶은 일이 생겼거든."

그 일이 무언지 궁금해졌다. 내가 물어보려는데 아이들이 우르르 들이닥쳤다.

"예지야, 뭐 해? 우리 너 기다리다 왔어!"

"빨리 와서 밥 먹어. 휴대폰 가지러 간 애가 왜 이렇게 안 오는 거야."

예지는 아이들 손에 이끌려 교실을 나가면서 내게 손을 흔들었다. 나는 예지가 나가는 모습을 멍하게 바라보았다. 처음으로 인간을 향한 호기심이 생겼다. 그날부터 예지를 관찰했다.

예지는 눈에 띄는 편이 아니었다. 그러나 주의 깊게 보기 시작하니 확실히 달랐다.

예지는 다른 아이들의 감정을 잘 알아챘다. 누가 기분이 상한 것 같으면 티 내지 않으면서 기분을 풀어 주려 애썼다. 아이들은 예지에게 모르는 것을 물어보고 속상한 일을 토로했다. 마치 반 전체의 언니 같은 존재였다. 예지 옆에 있으면 지구의 무거운 공기조차 부드럽게 느껴졌다.

쉬는 시간마다 예지는 도서관에서 빌린 사진집을 보았다. 미술부를 그만두고 하고 싶은 일은 무엇일까. 나는 예지가 책을 반납하기를 기다려 같은 책을 빌렸다.

예지와 친해지고 싶었지만 좀처럼 기회가 생기지 않았다. 예지는 어울리는 친구들이 있었고, 그 사이에 내가 끼어들기란 불가능해 보였다.

그때 떠오른 것이 '베프 씨앗'이었다. 베프 씨앗은 프로젝트에서 지구에 배당되면 누구나 소지해야 했다. 지구의 학교에서 혼자 오랜 시간을 보내다 보면 불필요한 관심의 대상이 되고, 그러다 혹시 정체를 들킬 수도 있다는 이유에서다.

할 수 없이 가져왔지만 정말 쓰고 싶어질 줄은 몰랐다. 나는 설명서를 읽어 보았다.

베프 씨앗 설명서

1. 동봉된 액체가 든 컵에 베프 씨앗과 자신의 머리카락, 상대의 머리카락을 넣습니다.
2. 뚜껑을 덮고 24시간 동안 어두운 곳에 보관합니다. 액체가 쏟아지면 사용하지 못하니 주의하세요.
3. 24시간이 지난 뒤 뚜껑을 열어 확인합니다. 액체와 머리카락이 전부 사라지고 베프 씨앗에 하얀 솜털이 낙하산 모양으로 돋아 있으면 잘 만들어진 것입니다.

4. 반경 *1km* 안이라면 베프 씨앗은 상대를 찾아 귓속에 들어가 *3시간* 내 사용자에게 가벼운 호감이나 관심을 나타내게 합니다.

5. 사용 취소를 원하면 사용자의 혈액과 적응 세포를 추출해서 해독제를 만든 뒤 이를 상대에게 묻히면 됩니다.

6. 해독제를 사용하면 상대는 사용자와 보낸 시간을 기억하지 못하게 됩니다.

눈살이 저절로 찌푸려졌다. 억지로 호감을 만든다니. 이런 식으로 친구를 만드는 게 옳은 일일까.

망설여졌지만 예지와 친구가 되고 싶은 마음이 더 컸다. 적응하기 위해 친구를 만드는 것은 아니니까 예지를 이용하는 것은 아니라고 나를 설득했다.

예지의 머리카락을 얻기는 쉽지 않았다. 떨어진 머리카락을 잘못 주웠다가 다른 아이의 머리카락이라도 섞이면 번거로워질 것이다. 나는 예지가 사물함에서 책을 꺼내는 틈을 타서 살금살금 다가가 머리카락을 뽑았다.

"아야!"

예지는 놀란 눈으로 나를 보았다. 그렇지만 내가 머리카락에 뭐가 묻은 줄 알았다고, 떼어 주려 했다고 말하자 금방 웃으며 괜찮다고 했다. 역시 참 좋은 아이다.

머리카락을 구하고 나니 그다음은 일사천리였다.

나는 베프 씨앗이 민들레 씨처럼 동동 떠 예지의 귀로 들어가는 모습을 지켜보았다. 나에게 관심을 보여 줄까. 가슴이 두근두근했다. 예지는 귀가 간지러운지 자꾸 귀를 문질렀다.

설명서대로라면 나에게 말을 걸고도 남을 시간인데 예지는 귀만 긁어 댔다. 학교가 끝날 때까지 나에게 눈길 한번 주지 않았다. 베프 씨앗이 작용하는 것은 개인마다 차이가 있는 모양이었다.

'설마 불량품은 아니겠지.'

조바심이 났지만 내일을 기약하는 수밖에 없었다.

베프 씨앗 사용 1일째

교실 문에 들어서자마자 예지와 눈이 마주쳤다. 예지가 웃으며 손을 흔들었다. 베프 씨앗 때문인지는 잘 모르겠다. 예지는 언제나 상냥하기 때문이다. 나는 어색하게 웃으며 눈인사를 보냈다.

"예지야, 이거 봤어?"

늘 그렇듯이 예지를 찾는 애들이 많았다. 나는 자리에 앉아 책을 꺼냈다. 도시의 건축물. 예지는 도시를 좋아하는 것일까. 아니면 건축물에 관심이 있는 걸까. 나는 찬찬히 책장을 넘겼다.

"너도 건물들 보는 거 좋아해?"

어느새 예지가 내 앞에 서 있었다. 예지는 사진집을 이리저리 넘기며 꼭 가고 싶은 장소를 이야기했다. 나는 맞장구치면서 예지의 눈치를 살폈다.

예지가 일부러 나를 찾아와서 말을 건 적은 없었다. 베프 씨앗이 효과를 나타낸 것 같았다. 예감이 좋았다. 예지가 물었다.

"이따가 미술관 갈래? 아름다운 도서관 사진전 하는데 같이 보러 가자. 사진전 옆 전시실에서는 식물 세밀화 전시회 해. 같이 보자. 너 그림 좋아하잖아."

나는 활짝 웃으며 대답했다.

"좋아. 같이 가자."

드디어 예지와 시간을 보내게 되었다.

미술관 가는 길에 나는 회오리감자튀김을 샀다. 지구에 와서 먹은 음식 중 회오리감자튀김이 최고였다. 모양도 내가 살던 별을 떠올리게 해서 마음에 들었다. 예지는 감자가 튀겨지는 동안 코를 킁킁대며 말했다.

"이상해. 나 원래 튀김 안 좋아하는데 너무 먹고 싶다."

"그래?"

베프 씨앗의 효과는 설명서에서 읽은 것보다 훨씬 좋았다. 나에게 관심을 보이면서 같은 것을 좋아하다니. 완벽했다. 예지는 회오리감자튀김을 눈 깜짝할 새 먹어 치웠다.

미술관 마당에 도착하자 예지는 나와 셀카를 찍었다.

"우리 둘 다 잘 나왔다. 휴대폰 바탕 화면으로 해야겠어."

"그래. 나도."

지구를 떠날 때 우주선 안에서 예지와 찍은 사진을 보면 섭섭함이 덜할 것이다.

아름다운 도서관 전시는 무척 근사했다. 바다 절벽 위에 세워진 도서관을 보며 나는 입을 다물지 못했다. 예지는 사진전을 둘러보며 건축학과에 가고 싶어져서 미술부를 그만두었다고 속삭였다.

"그랬구나."

재미로 그림을 그리는 나와 달리 하고 싶은 일이 뚜렷한 예지가 멋있게 느껴졌다. 우리는 도서관 사진전을 보고 식물 세밀화 전시실로 갔다. 예지는 그림을 보며 눈을 반짝였다.

"여기 좀 봐. 잎맥이 살아 있는 것 같지?"

아름다운 도서관 사진전을 볼 때보다 훨씬 더 호기심에 차 있었다. 그뿐 아니라 예지와 나는 가장 마음에 드는 작품과 가장 싫어하는 작품이 정확하게 일치했다. 기분이 좋았다.

"너랑 내가 이렇게 잘 통할 줄 몰랐어."

예지가 나와 손을 맞대었다.

"나도 그래."

베프 씨앗 때문이기는 했지만 예지와 친해져서 기쁜 마음은 진심이었다.

베프 씨앗 사용 2일째

평소보다 일찍 학교에 갔다. 예지와 친구가 된 이후로 학교생활이 즐거웠다. 교실 구석에서 조용히 그림만 그리던 때와 딴판이었다. 내가 사는 별에서도 예지처럼 마음이 맞는 친구는 없었다. 나는 시간이 빨리 흐를까 봐 조바심이 났다. 예지와 오래 만나고 싶다.

교문 앞, 짧은 단발머리 예지의 뒷모습이 보였다. 나는 달려가 예지의 어깨를 살짝 건드렸다.

"안녕."

"일찍 왔네?"

예지가 나를 반기며 팔짱을 꼈다. 우리가 교실로 들어서자 예지와 친한 아이들 몇몇이 나를 보고 수군거렸다. 예지는 나를 데리고 자연스레 아이들과 섞이게 했다. 우르르 몰려다니는 아이들이 한심하다고 생각한 적도 있었는데 막상 함께 있으니 재미있었다.

다른 아이들은 내가 학원에 다닌 적 없다는 말을 듣고 특히 놀랐다. 애들은 엄청난 분량의 학원 숙제를 하는 것에 어마어마한 불평을 늘어놓으며 나를 부러워했다. 예지는 다른 아이들 말에 맞장구치며 나를 치켜세웠다.

"학원도 안 다니면서 어떻게 그렇게 공부를 잘하는 거야? 난 수학 문제 풀 때마다 꼭 하나씩 실수해."

나는 뭐라고 대답해야 할지 몰라 웃었다. 내가 공부를 잘하는 건 당연한 일이었다. 지구에 오기 전 메모리 칩을 이식했으니까. 메모리 칩에는 내 또래 아이들이 배운 내용 전부가 담겨 있다. 아이들은 대부분 선행 학습을 하고 있었으나 나는 당장 고등학교에 가도 문제없을 만큼의 지식이 이미 이식되어 있었다.

예지가 손뼉을 쳤다.

"아, 맞다. 이 얘기 하려고 했는데. 어제 수학 숙제 말이야. 나 두 시간 만에 다 했다."

예지의 말을 들은 아이들이 믿을 수 없다며 소리쳤다.

"나 국어 학원 가서도 몰래 했는데 아직 다 못 했어."

"난 새벽 한 시에 잤다고. 그런데도 몇 문제 남았다니까."

예지는 학원에서 받아 온 문제지를 꺼내며 고개를 갸우뚱했다.

"이렇게 많은데 내가 어떻게 했는지 모르겠어."

나는 깜짝 놀랐다. 예지 글씨체가 내 글씨체와 미묘하게 닮아 가고 있었다. 저 문제지를 내가 푼다면 딱 두 시간 정도 걸릴 양이었다. 이게 어떻게 된 일이지?

예지의 수학 실력이 눈부시게 향상된 것일까? 단기간에 그게 가능한 일인지 모르겠다. 생각에 잠긴 나를 예지가 불렀다.

"점심시간 아직 남았으니까 우리 나갈까? 그림 그리자."

다른 아이들이 예지를 말렸다.

"예지야, 우리 학교 축제 때 연주할 곡 연습하기로 했잖아."

아이들 말로 미루어 보면 예지와 친구들은 팬 플루트로 유명한 영화 주제곡을 연주하는 모양이었다. 나는 예지가 그 애들과 연습하면 옆에서 그림을 그려야겠다고 생각하고 있었다. 그러나 예지는 뜻밖의 말을 했다.

"오늘은 그림을 그리고 싶어. 팬 플루트를 좋아하지도 않고."

아이들이 서로 얼굴을 마주 보았다. 한 아이가 물었다.

"그게 무슨 말이야? 합주하자고 한 사람이 너잖아?"

예지의 눈동자가 흔들렸다. 혼란스럽기는 나도 마찬가지였다. 뭔가 잘못되고 있었다. 아이들은 영문을 모르겠다는 듯한 표정으로 예지를 바라보았다.

나는 분위기가 심각해지기 전에 얼른 입을 뗐다.

"오늘은 너희 옆에서 연습하는 거 들으면서 그림 그리면 어때?"

"그래, 그러면 되겠다."

"오늘만 그러는 거다."

아이들의 말에 예지는 알쏭달쏭한 얼굴로 고개를 끄덕였다.

나는 별일 아닐 것이라고 애써 나를 위로했다. 예지가 달라지는 것을 걱정하기보다 나와 취향이 같은 친구가 되어 가는 것을 더 기뻐하고 싶었다.

예지와 나는 학교 뒷마당에 자리를 잡았다. 예지가 그곳에서 그림을 그리고 싶다고 했기 때문이다. 당연히 나도 같은 마음이었다.

예지와 친한 아이들도 우리 옆에 옹기종기 모였다. 나와 예지는 순조롭게 그림을 그렸지만 합주 연습을 하는 애들은 그렇지 못했다. 한 사람이 빠지니 화음에 문제가 생긴 듯했다.

"예시 부분이 멜로디 피트니까 오늘은 내가 해 볼게."

한 아이가 말했다.

몇 번 연주한 다음 아이들은 파트를 다시 나누었다. 다 예지가 빠져서 일어난 일이었다.

예지는 아이들 쪽으로 눈길 한번 주지 않고 어떤 그림을 그릴지에 대해 이야기했다. 그리고 내가 그리고 싶은 화단의 꽃을 짚어 냈다.

"저 작은 노란 꽃 그리는 게 어때? 옆에 맨드라미도 같이 그리면 예쁠 것 같아."

"좋아. 나도 그러고 싶었어."

예지는 바로 그림에 집중했다. 그림 그릴 때 유난히 조용해지는 것까지 나와 똑같았다.

그때 누가 예지를 불렀다.

"예지야, 여기 이 파트 네가 불었지? 이렇게 하는 게 맞지?"

예지는 스케치북에서 눈을 떼지 않고 말했다.

"몰라."

물어본 아이가 머쓱한 얼굴을 했다. 예지는 전혀 신경 쓰지 않았다. 뭔가 예지답지 않았다. 예지는 누가 도움을 요청하면 그냥 넘어가는 법이 없는 아이였다.

또 다른 애가 예지를 불렀다.

"그림 다 그렸으면 우리 도와주면 안 돼? 원래 네 명이 하던 거라 셋이 하니까 헷갈려."

예지는 여전히 스케치북만 보고 대답했다.

"아직 다 못 그렸어."

아이들은 서로 눈짓을 주고받다가 교실로 들어가 버렸다. 예지는 아랑곳하지 않고 그림만 그렸다. 볼수록 예지 같지가 않아 불안했다. 맨드라미 꽃을 칠하면서 예지가 방긋 웃었다.

"이 꽃, 전에는 이렇게 예쁜 색깔인지 몰랐어. 그리니까 더 예쁘지 않아?"

"그렇지? 빛을 받으면 또 달라 보여."

내가 살던 별에는 선명한 색깔의 꽃이 없었다. 은은한 색깔의 꽃만 보다 지구의 꽃 색깔을 볼 때마다 감탄하게 된다. 예지도 새삼스레 꽃 색깔이 달리 보이는 모양이었다. 나는 복잡했던 마음도 잊고 신이 나서 꽃 색깔을 어떻게 칠해야 더 예쁠지 이야기했다.

"네 말대로 여기를 더 어둡게 칠하니까 진짜 꽃 같다."

예지는 눈을 반짝이며 자신이 그린 그림을 바라보았다. 매우 만족한 표정이었다.

'팬 플루트만 불면 뭐 해. 그림도 잘 그리게 됐잖아.'

나는 예지를 위해서 좋은 일을 했다고 믿고 싶었다.

베프 씨앗 사용 3일째

예지와 운동장을 산책했다. 멀찍이 테니스를 치던 아이들의 공이 우리 쪽으로 날아왔다. 공은 아슬아슬하게 우리 머리 위를 지나쳐 갔다.

"안 맞아서 다행이네."

공을 찾으러 온 아이가 뛰어오며 말했다.

"그래도 조심해. 우리 놀랐잖아."

예지가 날카롭게 받아쳤다. 예지가 아닌 내가 할 법한 행동이었다. 나는 공을 줍는 아이에게 주의 주는 것도 잊고 예지를 보았다. 내가 알던 예지는 공을 피해 다행이라며 웃어넘길 애였다.

내가 예지를 이렇게 만들었을까? 그럴 리가 없다. 베프 씨앗은 약간의 호감을 느끼게 하는 효력밖에 없다. 사용자와 비슷한 성격이 되는 건 불가능한 일이다. 취향을 같아지게 만드는 기능도 없긴 마찬가지다.

"나 오늘 학원 가는 날인데 회오리감자튀김 사 먹고 갈까?"

예지는 언제 화를 냈냐는 듯 웃으며 물었다.

"그래."

나는 기쁘게 고개를 끄덕였다. 변한 건 맞지만 예지는 예지다. 너무 예민하게 굴 필요 없다. 예지는 내게 여전히 부드럽고 다정했다.

학교가 끝나고 예지와 회오리감자튀김을 먹으러 가는 길이었다. 건널목에 서서 보행 신호를 기다리는데 예지가 투덜댔다.

"학원 두 군데나 가는 날이라 먹고 바로 가야겠다."

"대신 내일⋯⋯."

나는 자전거를 타고 공원에 가자고 하려다 말문이 막혔다. 신호등이 파란불로 바뀌는 순간 예지의 눈동자가 밝은 분홍색으로 빛났기 때문이었다. 바로 본래 색깔로 돌아왔지만 1, 2초 동안 예지는 분홍 눈으로 나를 보았다. 내 원래 눈동자 색깔이다.

예지에게 무슨 일이 일어난 것일까. 나는 무서워졌다. 회오리감자튀김을 무슨 정신으로 먹었는지 모르겠다. 자꾸 예지 얼굴을 살피게 되었다. 회오리감자튀김을 먹는 모습은 처음 만났을 때와 다르지 않았다. 내가 잘못 본 거라면 좋겠다.

예지와 헤어진 뒤 집으로 와서 베프 씨앗에 관한 후기를 샅샅이 찾아보았다. 어디에도 비슷한 예는 없었다. 설명서를 다시 살펴보았다. 작은 글씨로 주의 사항이 표시되어 있었다.

※

베프 씨앗은 사용자에게 전혀 관심이 없는 대상에게 사용해야 합니다. 그러지 않으면 부작용에 시달릴 수 있으니 유의하십시오.

다행히 해당 사항이 없다. 예지는 내가 있는지도 몰랐을 거다. 나에게 호감을 표시할 리 만무했다.

나보다 먼저 지구에 다녀온 내 친구들은 베프 씨앗으로 문제 없이 친구를 사귀었다. 이따금 효과가 떨어진다고 불평하는 소리마저 들었다. 그런데 뜬금없이 분홍색 눈동자라니. 하필 왜 나에게 이런 일이 벌어진 것일까. 나는 예지와 친한 친구가 되고 싶었을 뿐 예지를 바꾸려는 마음은 없었다. 예지가 이 사실을 안다면 절대 나를 용서하지 않을 것이다.

베프 씨앗 사용 4일째

학교에 가자마자 예지가 왔는지 확인했다. 항상 일찍 오는 아이인데 오늘따라 늦다.

"왜 안 오지?"

"설마 결석인가?"

예지와 친한 아이들도 고개를 갸웃거렸다.

> 예지야, 언제 와?

예지에게 문자를 보냈다. 답은 없었다.

가까스로 지각을 면한 시각, 예지가 교실 문을 밀고 들어왔다. 피부가 투명할 만큼 하얬다. 걸음걸이도 평소와 달리 힘이 없었다.

"예지야! 어디 아파?"

아이들이 호들갑을 떨었다. 예지는 작은 소리로 대답했다.

"아니야, 안 아파. 엄마가 기운 없어 보인다고 병원 가자 그러고, 난 괜찮다고 실랑이하다 늦은 거야."

나는 조심스럽게 말을 건넸다.

"아픈 게 아니어서 다행이네."

예지는 늘 그러듯이 환하게 웃었다. 예지의 미소에 안심하려던 나는 소스라치게 놀랐다. 예지 코에 어제까지 없던 금색 주근깨가 눈에 띄었다. 주근깨는 몹시 작아 지구인에겐 보이지 않지만 나는 알아챌 수 있었다.

이럴 수가. 피부까지 나와 같은 색깔로 변하고 있었다. 인간의 형태로 보이게끔 적응 세포를 이식하기 전 내 원래 피부에는 흰색에 금빛 줄무늬가 있다. 예지의 금빛 주근깨도 한 줄로 늘어서 있었다. 단단히 잘못된 것이 틀림없었다.

해독제를 써야 할까? 그것만큼은 피하고 싶다. 적응 세포를 추출하면 내 몸은 지구에 적응할 수 없는 상태가 된다. 지구인이 내 모습을 본다면 대왕 줄무늬 문어라고 생각할 것이다. 당연히 지구에서 숨을 쉴 수도 없다. 긴급 우주선으로 지구를 떠나야 하는 것이다. 지구 여행이 여기서 끝나는 것은 물론이고 예지와도 끝이다.

해독제를 사용하기 싫은 이유는 또 있다. 해독제는 추억도 잊게 만드니까. 예지와 만날 수 없는 것도 슬프지만 예지가 나와 함께 보낸 시간을 기억조차 할 수 없다는 것을 생각하면 속이 너무 상했다.

"어! 모기에 물렸나?"

쉬는 시간에 화장실을 가는데 예지가 중얼거렸다. 모기가 있었다면 내가 알았을 텐데 전혀 느끼지 못했다. 나는 고개를 저었다.

"모기가 있다고? 아닐걸."

"간지럽지는 않은데 모기 물린 자국 같지?"

예지가 내 눈앞에 손등을 내밀었다. 금빛 주근깨가 있는 하얀 손등에 볼록 튀어나온 모양이 모기 물린 자국이라고 여길 만했다. 그렇지만 나는 알고 있다. 예지는 빠른 속도로 나를 닮아 가고 있다. 망설일 시간이 없었다.

나는 화장실에 들어가 홀로그램 패드에 숨겨 둔 추출기를 꺼냈다. 끼익. 낮은 소리를 내며 추출기에서 뭉툭한 바늘이 튀어나왔다.

나는 바늘로 내 입술을 찔렀다. 지구인으로 변형한 피부가 두꺼워서 한 번에 피가 나오지 않았다. 나는 여러 번 찔러 겨우 피를 냈다. 추출한 적응 세포에 피를 섞어 해독제를 만들었다. 화장실에서 나오니 예지가 손을 씻고 있었다. 물에 젖은 피부에 금빛 줄무늬가 선명했다. 작은 돌기들도 튀어나오려 준비 중이다. 예지가 나를 보더니 웃었다.

"오늘도 회오리감자튀김 먹을 거야?"

아무렇지 않게 한 말인데 슬펐다. 예지와 인사도 나누지 못하고 이렇게 헤어지다니. 나는 숨을 크게 들이쉬고 해독제를 예지의 손등에 갖다 댔다.

"이게 뭐야?"

"벌레 물린 데 바르는 약이야."

"고마워."

예지와 눈을 마주치면 울 것 같아서 일부러 예지의 손등만 보았다. 볼록 튀어나온 부분이 쏙 들어갔다. 금색 주근깨들도 희미해지고 있었다. 예시가 베프 씨앗을 쓰기 전의 모습으로 돌아갈수록 나는 숨이 가빠졌다. 지구의 공기가 나를 무겁게 내리눌렀다. 피부도 바싹 말라 괴로웠다.

"나, 잠깐 화장실 다시 갔다 올게."

나는 다시 화장실로 들어가 문을 잠그고 긴급 우주선을 호출했다. 머리가 무겁고 눈앞이 빙빙 돌았다.

위잉위잉. 변기 뒤쪽 벽이 번쩍하면서 긴급 우주선이 나를 낚아챘다.

"괜찮습니까?"

구조원이 물었지만 나는 대답할 수 없었다. 지구인으로 변형한 모습이 다 녹아내리고 있었기 때문이다.

"이곳에서의 일은 기억 처리반이 전학으로 처리할 것입니다. 해독제를 사용한 사람은 제외해도 되겠군요. 어차피 기억 못 할 테니까요."

어차피 기억을 못 한다. 나는 구조원의 말을 되뇌었다. 이미 알고 있는 사실인데 가슴이 아려 왔다.

눈에 힘이 풀리면서 참고 있던 눈물이 흘렀다. 나의 지구 여행이 이렇게 끝나 버리다니.

기념품들도 챙기지 못했고 내 그림 사진도 찍지 못했다. 지구에서 휴대폰으로 쓰던 홀로그램 패드만 겨우 손에 있을 뿐이다. 예지와 함께 찍은 사진이라도 건졌으니 다행이라고 해야 하나. 미술관 앞마당에서 활짝 웃는 예지와 나는 무척 행복해 보였다. 나는 속으로 예지에게 인사를 보냈다.

*안녕. 넌 나를 기억하지 못하겠지만 나는 널 잊지 못할 거야.
너는 전 우주를 통틀어 하나뿐인 내 베프니까.*

그때 홀로그램 패드 화면이 깜박이며 문자 알림이 왔다. 예지다! 어떻게 된 일이지? 나는 손등의 빨판으로 휴대폰 메시지를 확인했다.

어디 있어? 네가 들어간 화장실 칸에서 이상한 불빛이 보이고 넌 없어졌어. 더 이상한 건 선생님이랑 다른 애들이야. 다들 네가 어제 전학 갔다는 거야. 좀 전까지 우리 같이 있었잖아? 넌 뭔가 특별한 게 있는 거지? 이제 친해졌는데 섭섭하다. 왜 좀 더 일찍 너에게 말을 걸지 않았을까. 처음 봤을 때부터 친하게 지내고 싶었는데 네가 친구를 원하는 것 같지 않아서 망설였어. 꼭 다시 만났으면 좋겠다.

이럴 수가. 베프 씨앗도 해독제도 예지에겐 작용하지 않았다. 아마도 특이한 체질인가 보다. 덕분에 예지가 나를 기억하고 있다. 그것으로 위로를 삼아야 할까. 나는 예지의 문자 메시지를 다시 한번 읽어 보았다.

처음 봤을 때부터 친하게 지내고 싶었다고? 설명서의 주의 사항이 뇌리를 스쳤다.

이것 때문이었다. 예지가 나를 닮아 간 것도, 해독제가 기억을 지우지 못한 이유도. 나는 후회스러워서 여덟 개의 발로 허공을 휘저었다.

"바보 같아. 베프 씨앗 쓸 필요 없었는데."

안타깝고 속상하지만 반면 기쁘기도 했다. 애쓰지 않아도 예지와 나는 친구가 되었을 테니까. 베프 씨앗으로 단기간 친구를 만든 아이들은 이 기쁨을 절대 알지 못할 것이다.

언젠가 다시 예지를 찾아가야겠다. 그때까지 예지도 나를 잊지 않으면 좋겠다.

* 모던 서동요 ‥ 슈크림 볼 소녀는 없다

선화는 발레 바를 잡은 자신의 모습을 무용실 거울에 비추어 보며 허리를 꼿꼿이 세웠다. 선생님의 말이 머리를 스쳤다.

"자세도 정확하고 테크닉도 좋은데 감정이 안 실렸어. 네 안무 제목이 천사와 악마잖아? 그 느낌을 살리는 게 포인트야."

감정이 안 실린다는 것. 언제나 듣는 지적이었다. 이번에는 감정을 표현하기 쉽게끔 천사와 악마를 모티프로 잡았는데 또 같은 소리를 들을 줄 몰랐다.

선화는 부드러운 라인을 살려 천사를 표현할 동작을 반복해 연습했다. 조용하고 아름다운 천사. 연습실에 남은 다른 아이들도 진지한 표정으로 토슈즈를 움직이고 있었다.

"선화야!"

화장실에 갔던 유미가 무용실 문을 벌컥 열고 들어왔다.

"아, 깜짝이야!"

연습에 열중하던 몇몇 아이가 눈살을 찌푸렸다. 유미는 아랑곳하지 않고 선화의 손목을 잡아끌었다.

"왜 그래, 유미야?"

선화가 눈을 동그랗게 떴다. 유미가 입 모양으로 말했다.

"나가자."

선화를 복도로 데리고 나온 유미가 물었다.

"나한테 왜 숨겨?"

"무슨 말이야?"

"남친 생긴 걸 왜 말 안 했어?"

유미가 섭섭한 듯 눈을 흘기며 대답을 재촉했다.

"남친?"

선화는 고개를 갸우뚱했다. 유미가 화장실에 간 사이에도 남자 친구 있느냐는 질문을 두 번이나 받았다. 친하지 않은 아이들은 그렇다 쳐도 유미가 왜 이런 질문을 하는지 이해할 수 없었다. 유치원 때부터 발레 스튜디오를 함께 다니며 같은 꿈을 꾼 친구 사이다. 둘은 서로의 표정만 봐도 기분을 알아챌 수 있었다. 선화의 눈앞에 유미가 휴대폰을 들이밀었다.

"이것 좀 봐."

선화는 유미의 휴대폰 액정을 보았다.

슈크림 볼 스위티

작사·작곡 조서동

넌 나를 지켜 주는 *heroine*

넌 나를 일깨우는 *sign*

단 한 번 샷으로 영원한 *cockaigne*

한때의 슈크림 볼 소녀가 아니야

달콤하고 부드러운 슈크림 볼 속에서

안나 카레리나 오네긴을 꿈꾸는 나의 지젤

맹수들 사이 한 마리 우아한 가젤

누가 봐도 아름다운 에펠탑

널 비뚤게 보는 놈들이 피사의 사탑

넌 나의 영원한 슈크림 볼

아무나 할 수 없어 너와의 *deal*

널 웃게 하는 건 내 필사의 *goal*

널 위한 *action* 널 위한 *emotion*

난 너를 지키는 *monster* 난 너를 지키는 *rap star*

달콤한 입술, 달콤한 미소, 슈크림 볼

선화가 더듬더듬 물었다.

"이, 이거 뭐야? 내 얘기야?"

남친이 없음에도 선화는 가사가 자신을 지목했다고 느꼈다. 초등학교 5학년, 아빠의 제과 회사 JP페이스트리 광고를 촬영할 때부터 슈크림 볼 소녀로 불렸기 때문이다. 새로운 슈크림 볼 광고가 방송된 지 몇 년이 지났어도 선화의 이미지는 강렬하게 남아 있었다. 사람들은 JP페이스트리라고 하면 "아, 그 슈크림 볼 소녀!" 하며 선화를 떠올렸다. 유미가 선화에게 속삭였다.

"조서동이 네 남친 아니야? 우리 학교 연극과. 학생 래퍼 대회 나갔다던데."

"이름노 처음 들있어. 이 노래를 기기서 부른 거아?"

유미가 깜짝 놀라며 분통을 터뜨렸다.

"대박. 랩 한다고 깝죽대다 안 되니까 널 판 거구나. 난 네가 왜 남친 얘길 나한테 안 했나 했지."

"난 전혀 몰라. 얘가 유명한 애야?"

"작년에 욕만 먹고 광탈했다는데 너 팔자마자 핫해졌다니까. 예선 통과했는데 팬도 점점 생기나 봐."

선화는 떨리는 손가락으로 조서동을 검색했다. 뽀얀 얼굴에 가늘고 긴 눈이 웃음기를 머금고 있다. 학교 안 어디서 마주쳤다 해도 기억에 남지 않을 만큼 평범한 인상이었다.

조서동. 현재 방송 중인 학생 래퍼 대회 본선 진출자.
10대다운 풋사랑을 드러낸 재치 있는 가사로 주목받음.
지난해 부진을 극복하고 본선 진출.
가사의 주인공이 같은 예술 고등학교 재학 중인 슈크림 볼 소녀로 추측됨.

"뭐야, 이게?"
선화 목소리에 당황함이 실렸다. 유미가 선화의 말을 받았다.
"걔 검색하면 연관 검색어에 네 이름하고 슈크림 볼 소녀 나와."
"아, 정말."
선화가 한숨을 쉬었다. 유미가 언니처럼 선화의 어깨에 팔을 둘렀다. 선화의 어깨에 유미의 체온이 전해졌다. 선화는 눈물이 나려고 하는 것을 꾹 참았다. 둘은 조서동이 음악 프로그램에서 한 공연을 찾아보았다.

조서동은 영리했다. 공연에서 여자 친구에게 푹 빠진 모습을 완벽하게 연출했다. 심사 위원이 "여자 친구가 누구죠? 우리가 생각하는 그분인가요?" 하고 묻자 쑥스러운 척하며 웃는 얼굴도 호감을 살 만했다. 간주의 비트에 절묘하게 섞은 차이콥스키의 〈백조의 호수〉는 심사 위원의 호평을 받았다.

"발레에 관심이 많은가요?"

심사 위원 중 한 사람이 묻자 조서동은 모범 답안을 내놓았다.

"여자 친구와 대화하려면 공부하는 게 좋을 것 같아서요."

선화를 상기시킬 수 있는 단어는 많았지만 대놓고 이름을 쓴 것은 아니었다. 만일 선화가 문제 삼고 나온다면 일반적인 경험이고 선화를 지목한 것은 아니라고 할 게 빤했다. 슈크림 볼이라는 말을 선화만 쓸 수 있는 것도 아니다. 자칫 잘못했다가는 선화만 바보가 될 판이었다. 유미가 물었다.

"혹시 너네 아빠 회사에서 대신 입장 표명 같은 거 해 줄 수 없어? 슈크림 볼 소녀가 연관됐으니까 전혀 관계없는 일은 아니잖아."

선화가 고개를 저었다.

"우리 엄마 아빠는 남친 없는지 나를 추궁할 거야. 그다음엔 회사 이미지 생각해서 행동 똑바로 하고 다니라고 할 게 뻔해. 나만 못살게 할 거라니까. 전에도 그랬어."

선화는 그동안의 서러움까지 한꺼번에 밀려와 울컥 눈물이 날 것 같았다. 선화의 부모님은 소문에 예민했다.

초등학교 때 광고가 처음 방송되고 몇 달 뒤였다. 선화가 아버지의 친딸이 아니라는 소문이 시작이었다. 소문은 점점 구체적으로 변했다. 순식간에 선화는 은퇴한 배우와 아버지의 불륜으로 태어난 사생아가 되었다. 온갖 악플이 줄을 잇는 상황에서 억울하고 속상한 선화와 달리 부모님은 오히려 조심스러워했다.

"우리 회사는 이제 막 커지기 시작했어. 이런 일로 시끄럽게 안 하는 게 낫지."

"회사에 주는 관심이라고 생각하면 돼."

회사 블로그에 선화와 꼭 닮은 선화 엄마의 양로원 봉사 사진을 올리자 소문은 사라졌다. 그 소문에 그렇게 대응한 것은 그나마 이해할 수 있었다. 선화가 정말 상처받은 것은 그다음이었다. 재작년, 3대 슈크림 볼 소녀가 등장했을 때였다. 1대 슈크림 볼 소녀인 선화가 일진이 되었다는 소문이 돌았다. 부모님은 그 정도는 나쁜 소문 축에도 들지 않는다고 했다. 혹시 선화가 눈에 띄는 짓을 하지는 않았는지, 오히려 선화를 의심하기까지 했다.

"어디 가서 싸운 건 아니니?"

"넌 아직 회사의 얼굴이야. 행동 조심해."

선화는 알았다. 선화의 감정보다 평판이 훨씬 더 중요했다. 무용으로 예술 고등학교에 진학했을 때도 그랬다. 입시 무용 학원 게시판에 선화의 이름이 종종 나돌았다. 대부분 아빠 배경 덕분에 합격했다는 말이었다.

"내가 얼마나 열심히 했는지 봤어? 알지도 못하면서."

울먹이는 선화 앞에서 선화 아빠는 신경 쓰지 말라고 했다. 선화 엄마는 한술 더 떠서 속에 불을 질렀다.

"괜히 입학 전부터 시끄럽게 해서 학교에서 싫어하면 어떡하지. 보수적인 학교인데."

늘 이런 식이었다. 은연중에 선화의 침묵을 강요했다.

"사실도 아닌데 무시해. 시끄럽게 하는 게 더 나빠."

침묵이 곧 착하고 성격 좋고 너그러운 것이었다. 선화는 속으로 억울함을 꾹 참아 왔다. 그러나 이번 일은 달랐다. 자기도 모르는 새에 누구의 여자 친구가 될 수 있다는 것은 가만히 너그럽고 착한 사람이 되는 차원의 문제가 아니었다. 소문의 근원지가 공개적으로 대놓고 방송하다니 어이가 없었다.

선화는 조서동이 일마나 오랫동안 회자될지 생각했다. 그 기간만큼 시달릴 게 틀림없었다. 사람들에게 오해받는 것도 힘들지만 평가받는 게 더 싫었다.

사람들은 기억과 조금만 달라도 말을 아무렇지도 않게 해 댔다. 선생님들조차 이젠 통통한 뺨의 슈크림 볼 꼬마 느낌이 나지 않는다느니 눈이 동그랗게 큰 건 그대로라느니 하는 말을 면전에서 했다.

선화는 겉으로 웃으며 그런 말들을 씹어 삼켰다. 이번 일도 길게 끌수록 자신이 상처받는다는 것을 경험으로 알고 있었다. 선화가 말했다.

"오늘, 연습 그만하고 집에 갈래."

유미가 상냥하게 선화를 달랬다.

"같이 가자."

"미안해. 나 때문에 연습도 못 하고."

"괜찮아, 이 언니는 완벽하니까. 선생님이 내 블랙 스완은 손볼 곳 없다고 했어."

둘은 옷을 갈아입고 교문을 나섰다. 유미가 선화의 팔짱을 꼈다.

"기분도 별론데 와플 먹고 갈까?"

"그래."

늦은 시간이라 학교 앞 와플 가게는 한산했다. 바삭한 와플을 먹으며 선화는 조서동이 출연한 프로그램 게시판을 보았다. 선화 이야기가 종종 나왔다.

[둘이 잘 어울릴 것 같음]

[슈크림 볼 소녀 연애함?]

[유명한 애들끼리 만나는구나]

유미가 말했다.

"너랑 난 안 보는 프로그램이라 몰랐잖아. 보는 사람들도 꽤 있나 봐."

선화가 고개를 저었다.

"근데 무슨 생각으로 이러는 거야? 내가 알게 될걸 생각 못 했나?"

유미가 맞장구쳤다.

"내 말이 그 말이야. 만약에 진짜 사귀는 사이라도 허락받아야 할 문제잖아. 근데 백 퍼센트 뻥이라니 완전 황당."

선화는 입가에 묻은 와플 시럽을 핥으며 조서동의 SNS를 찾아보았다.

"아무리 봐도 모르는 애인데 뭐지? 어떻게 된 인간이냐고."

"몰라. 우선 그 프로그램 게시판에 너랑 사귀는 거 아니라고 글 올렸어."

와플을 베어 문 선화가 캑캑 기침을 했다.

"방송국 게시판에? 아, 좀 무서운데."

유미가 기가 막힌 얼굴로 선화를 보았다.

"뭐가 무서워? 가만히 있으려고?"

"그건 아니지만……."

선화는 어떻게 해야 할지 판단이 잘 서지 않았다. 막상 나서서 싸우다가 일을 더 키울까 봐 걱정스러웠다. 그렇다고 지난 소문들처럼 가만있으면서 지나가기를 기다리기도 싫었다.

홈페이지 게시판 유미의 글을 클릭했다. 슈크림 볼 소녀와 사귀는 게 아니라는 유미의 글에 벌써 댓글이 달렸다. 댓글 대부분은 조서동을 지지하는 내용이었다.

[조서동 오빠가 언제 그 슈크림 볼 소녀랑 사귄다고 했나? 짐작해 놓고 욕하고 난리]
[이름 나온 것도 아닌데 망상증인가]
[영상 다시 보셈. 슈크림 볼 소녀라고 찍어서 말한 적 없음]

무조건 조서동을 편들며 선화를 욕하는 부류도 있었다.

[사귀는데 비밀로 하는 거 아님? 같은 학교에서 서로 모를 리 없음]
[아빠 빽으로 학교 들어가서 조서동 사귄 거면 이미 성공임]
[조서동이 뭘 했다고 파르르하냐 슈크림 볼이란 말 자기만 쓰는 거냐]

어쩌다 선화 처지를 고려하는 글도 보였다.

[그래도 오해할 여지가 있지]

[조서동 만약 사귀는 거 아니라면 찌질하다]

[슈크림 볼 소녀 없었으면 올해도 광탈 각]

벌써 댓글 파이터들이 물고 뜯고 난리였다. 선화는 그런 싸움에 끼어들 자신이 없었다. 유미가 선화의 눈치를 살폈다. 선화의 우울함을 알아챈 듯했다.

"힘내, 선화야. 기죽지 말고."

선화는 유미의 다정한 눈동자를 바라보았다.

"고마워. 네가 있어서 다행이야."

"뜬금 감동 코드야. 와플 먹었으니까 걸어가자. 칼로리 날려야지."

"그래."

둘은 와플 가게에서 나와 집 방향으로 걸었다. 가벼운 바람이 가로수 잎을 날렸다. 인적이 뜸한 거리를 걷는데 유미가 손뼉을 쳤다. 둘이 아주 어릴 때부터 거리를 걸으면서 하는 놀이였다. 한 사람이 발레 동작을 말하면 다른 사람이 그 동작을 수행하는 거였다.

"뽀엥."

선화가 발끝을 세우며 받아쳤다.

"넌, 바뜨망 제떼."

바뜨망 제떼는 바닥을 밀어내며 45도로 힘 있게 차는 다리 동작이다. 유미가 힘차게 바닥을 발로 차며 말했다.

"대책을 세워야겠어. 광고 한 번 찍고 너무 많은 일 당하는 거 아니야? 빠 드 부레."

선화가 바느질을 하듯이 촘촘하게 종종걸음으로 스텝을 밟았다.

"위자료라도 청구해야겠어. 엄마 아빠한테. 그땐 진짜 이럴 줄 몰랐지. 빠 드 샤."

고양이 걸음이라는 동작 이름처럼 유미는 다리를 엇갈리며 사뿐히 점프했다. 지나가던 커플이 유미를 보고 웃었다. 유미는 커플을 향해 공연이 끝날 때처럼 팔을 벌리고 무릎을 굽혀 인사했다. 그때 선화의 휴대폰이 울렸다.

"여보세요."

선화가 전화를 받았다. 엄마였다.

"너 어떻게 하고 다니는 거야? 어디니?"

"유미랑 집에 가는 길이야. 왜요?"

"조서동이 누구야? 왜 일을 만들어. 잘못 엮이면 회사 이미지 나빠진다고 아빠한테 전화 왔어."

"나도 몰라."

"모르는 애가 왜 방송에서 네 얘길 하고 다녀? 너 행동 똑바로 하고 다니랬지?"

선화 엄마는 선화의 말을 듣지도 않고 다짜고짜 윽박질렀다. 선화는 답답하고 억울했다.

"엄마, 그동안은 내가 뭘 잘못해서 소문났었어?"

"네가 안 좋은 소리 들으면······."

"그런 애랑 사귄 적 없어."

"네가 처신을······."

선화는 엄마가 뭐라고 하는지 듣지도 않고 전화를 끊어 버렸다. 유미가 물었다.

"왜? 이모가 또 너한테 뭐라고 해?"

어릴 때부터 서로의 집에 드나들어서 선화와 유미는 서로의 엄마를 이모라고 불렀다. 선화가 고개를 끄덕이며 참았던 눈물을 왈칵 쏟았다. 유미가 신화를 토닥였다.

"그래, 참지 말고 화내고 울고 하란 말이야. 너랑 사귄다는 말이 뻥인 거 밝혀지면 곤란한 사람은 네가 아니라 조서동 그놈이야."

선화가 눈물을 훔치며 말했다.

"그래도 분명 욕할 거야. 조서동 좋아하는 애들은 가만히 있지 왜 나서서 난리냐고 할 테고, 사실 사귀는 게 맞는데 속인다고 할 거고. 알잖아."

"그래. 그동안 있었던 일 봐서 알지. 근데⋯⋯."

이번엔 유미의 휴대폰이 울렸다.

"어, 언니. 나 선화랑 걸어가는 길. 뭐? 진짜야? 선화, 걔 모르는 애래. 지금 볼게."

유미가 전화를 끊고 서둘러 휴대폰을 들여다보았다.

"왜 그래?"

선화가 유미의 휴대폰을 함께 보았다. 조서동의 인스타그램에 조금 전 업데이트된 사진이 있었다. 핑크빛 발레 토슈즈 옆에 포장된 JP페이스트리 슈크림 볼이 먹음직스러웠다. 사진 제목 옆에 발레리나 그림도 있었다. 유미가 소리쳤다.

"완전 관심종자네. 사진 제목 좀 봐. 여친 취향 저격이래."

사진에 달린 댓글을 보자 선화는 피가 거꾸로 솟는 것 같았다.

[대놓고 사귄다고 난리]

[조서동 오빠가 아까움]

[슈크림 볼 소녀 연예인 하려고 남친 시켜 이슈 만드나]

"진짜 미쳤나 보다. 뭐라고 하면 나 아니라고 할 것 같은데 어쩌면 좋지?"

선화의 목소리가 떨렸다.

"뭐라고 하든 우선 반응은 해야지. 가만히 있으면 다 믿을 거야."

"근데 조서동 여친이 그냥 무용하는 애고 슈크림 볼 좋아하는 다른 여자애일 가능성은 진짜 없겠지?"

유미가 어이없다는 듯 한숨을 쉬었다.

"이 답답아. 그러면 심사 위원이 물었을 때 너인 척했겠냐."

"그치. 어떻게 이런 짓을 하는지 난 정말 이해가……."

가로등에 비친 선화의 그림자가 위태롭게 떨렸다. 선화는 집에 가서 엄마의 의심과 아빠의 잔소리 세례를 받을 생각을 하니 더욱 끔찍했다. 어디로 도망치고만 싶었다.

"내가 같이 가 줄까? 이모한테 너 완전 뒤통수 맞았다고 말해 줄까?"

유미의 말에 선화는 고개를 저었다.

"아니야. 괜찮아."

'또 나를 탓하겠지. 지겨워.'

선화는 될 대로 되라는 심정이었다.

예상대로 선화 엄마는 집에 온 선화를 보자마자 다그쳤다.

"너, 그 애 정말 모르는 애야?"

선화 아빠는 행실 운운하기까지 했다. 선화는 어이가 없었다. 불륜 소문의 당사자였을 때 명예훼손 운운하며 길길이 뛰던 사람이 아빠였다. 고작 남자 친구가 있다는 것으로 행실이라는 말을 입에 올리다니.

"언제 소문이 사실인 적 있었어요? 몰라! 모른다고!"

선화는 자기 방으로 들어가 방문을 쾅 닫았다. 말 없고 순종적인 선화가 평소 절대 하지 않는 행동이었다. 선화의 엄마 아빠 목소리가 방문 틈으로 들렸다.

"그 아이도 선화 이름을 지목한 게 아니니……."

선화는 음악을 크게 틀고 침대에 누워 생각했다. SNS로 싸우면 조서동과 상대가 되지 않을 것 같았다. 잠깐 보았지만 SNS 팔로워 수도 무척 많았다. 막말하는 난타전이 되어 버리면 힘들어지는 건 피해자인 선화뿐일 것이다.

선화는 자신의 아빠부터 벌써 행실 어쩌고 하는 것으로 봐서 어떤 소리가 나올지 생각하면 정말 소름이 끼쳤다. 그런 걸 참고 넘길 자신도 없었다.

그때, 선화 휴대폰에 카톡이 왔다는 알림이 깜박였다. 등록되지 않은 친구였다.

'뭐야, 이건?'

선화는 카톡을 확인했다.

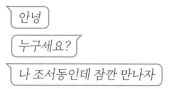

안녕

누구세요?

나 조서동인데 잠깐 만나자

선화는 침대에서 벌떡 일어나 앉았다. 조서동에게 연락해서 욕해 주고 싶었는데, 막상 연락이 오니 당황스러웠다.

왜

바로 카톡이 왔다.

할 말이 있어

무슨 말인데?

만나자

카톡으로 말해

잠깐만 만나. 부탁할게

선화는 뭐라고 답을 보낼까 고민했다. 조서동 얼굴을 마주할 생각은 없었다. 혹시 사진이라도 찍히게 될까 봐 겁났다.

> *싫어. 나랑 사귀는 거 아니라고 SNS에 해명이나 해*

조서동은 선화의 카톡을 읽고 더는 답이 없었다. 선화는 침대에 누웠지만 잠이 달아난 지 오래였다.

'내가 우스워 보이나.'

생각할수록 화가 났다. 연기자나 가수로 활동하고 있는 같은 학교 아이들은 선화보다 대응할 힘이 있었다. 그래서 조서동이 무난한 일반인인 선화를 타깃으로 삼은 듯했다.

'나를 뭘로 보는 거지. 난 뭘로 보이는 거지.'

이불을 덮어쓰고 누웠다 다시 벌떡 일어나 앉기를 여러 차례 거듭했다.

이튿날, 잠을 설친 선화는 평소보다 조금 늦은 시각에 학교에 도착했다. 등굣길에 아이들 몇몇이 선화를 힐끔힐끔 보며 수군거렸다. 신경이 날카로워졌다.

교실에 들어서자 유미가 왜 이제 오느냐며 선화를 잡아끌었다.

"나 오늘 아침에 거기서 연락 왔어."

"어디?"

"그 프로그램 담당자라던데. 내가 게시판에 조서동이 너랑 사귀는 거 아니라고 글 남겼잖아. 그거 보고 전화했나 봐."

유미 목소리가 반 전체에 울려 퍼졌다. 아이들이 선화와 유미에게 우르르 몰려왔다.

"뭐? 사귀는 거 아니었어?"

"그게 무슨 말이야? 방송이라니?"

"대박. 미투 감인데?"

프로그램을 이미 본 아이도 있었고 처음 듣는 아이들도 많았다. 저마다 한마디씩 웅성웅성했다. 선화와 같은 예술 중학교를 다닌 수지가 말했다. 여리여리한 외모와 달리 목소리가 걸걸한 친구였다.

"난 그 프로그램 안 봐서 몰랐는데 내 동생이 오늘 묻더라. 그래서 아닐 거라고 하긴 했어."

다른 아이가 받아쳤다.

"완전 선화 팔아서 관심 끈 거잖아. 개찌질하다!"

"누가 그런 말을 쓰니?"

남임 선생님이 문을 벌컥 열고 들어왔다. 목소리 높여 떠드느라 선생님 발소리를 미처 듣지 못했다. 아이들이 흩어져 제자리로 돌아가 허리를 곧게 폈다. 콩쿠르 수상자 출신인 선생님은 자세가 바르지 않으면 폭풍 잔소리를 늘어놓기 때문이다. 선생님이 반 아이들을 둘러보았다.

"개찌질이 뭐야. 무용과의 품위를 지켜라. 급훈이 뭐야?"

아이들이 한목소리로 대답했다.

"우리는 우아하다."

선생님은 반 아이들을 한 명씩 바라보며 입을 열었다.

"콩쿠르 예선 얼마 안 남았다. 연습 열심히 하고."

"네."

"힘들어? 힘들 때다."

"네. 너무 힘들어요."

아이들이 우는소리를 했다. 선생님이 칼칼한 소리로 웃었다.

"큰 소리 내는 거 보니 아직 힘이 있네. 창작 안무 시험 준비 잘하고 있지?"

"네."

"발레를 전공해도 창작 수업은 중요하다. 창작을 통해 이해하게 되는 부분이 많아. 강수진으로 태어난 거 아니면 안무는 급조해서 커버하기 어려워. 알지?"

"네."

"오늘도 파이팅."

선생님은 긴 팔다리를 천천히 휘저으며 나갔다. 선생님이 나간 다음 선화가 유미에게 물었다.

"근데 그 담당자가 뭐래?"

유미의 대답을 기다리는 선화의 가슴이 방망이질을 쳤다. 유미가 거침없이 말했다.

"내가 어젯밤에 제보합니다, 라는 제목으로 또 올렸거든. 너랑 사귀는 거 아니라고. 너 이용해서 유명해진다면 문제가 있는 거 아니냐고 했지. 그랬더니 같은 학교 학생인지 묻더라. 네 친구라고 했어. 내 이름도 다 말했어."

"아, 그래?"

"응. 오늘 조서동한테 따로 확인한다더라. 너한테 연락할 수도 있고."

"나한테도?"

유미가 선화의 겁먹은 얼굴을 보고 안심시켰다.

"그렇게 빨리 마무리하면 좋지, 뭐. 잘될 거야."

선화는 어젯밤 조서동에게 온 카톡을 유미에게 보여 주었다.

"아우, 얼굴도 두껍지. 어디서 부탁한대. 부탁할 처지냐. 대박."

유미 말대로 방송국에서 조서동에게 사실 확인을 하면 조서동이 더 일찌감치 SNS에 해명할지도 몰랐다. 선화는 이 정도에서 일이 마무리되기를 바랐다.

오늘은 수업이 끝나고 무용과 발레부 아이들 전부가 학교에 남았다. 창작 안무 시험 전에 수정할 점을 확인받아야 했기 때문이다. 복도에서 차례를 기다리며 아이들은 자신의 안무를 머릿속으로 되짚으며 연습했다. 선생님의 평가는 정확하고 냉정해서 도움이 되지만 무척 긴장하게도 했다.

"지선화."

선생님이 선화를 불렀다. 먼저 연습실에 들어간 수지는 혼이 났는지 살짝 울상을 하며 나왔다. 선화와 눈이 마주치자 입을 더 쭉 내밀었다. 선화는 눈을 찡긋하며 수지를 달랬다.

선생님은 미리 제출받은 선화의 음악을 틀었다.

"시작."

선화는 연습한 안무를 시작했다. 조용한 날갯짓으로 천사가 등장하고 세상의 아름다움과 고통을 느낀 뒤 악마가 강한 동작으로 번갈아 나타나는 순서였다. 4분 안에 하고 싶은 이야기를 보여 주기가 쉽지 않지만 최대한 집중하려 노력했다. 안무를 마치자 선생님이 의아하다는 듯 선화를 보았다.

"천사와 악마, 그 사이에서 고뇌하는 인간의 느낌이 보이는데? 선화 무슨 일 있었어?"

"네?"

"전에는 천사도 악마도 아니고 테크닉만 있었는데 오늘은 무용수가 뭘 말하려는지 감정이 보여. 좋아."

무용은 연습을 안 하면 안 하는 대로, 딴생각하면 딴생각을 하는 대로 꼭 표시가 났다. 하필 이런 중요한 시기에 조서동이 신경을 긁어 걱정하던 차였다. 그런데 예상외의 칭찬이라니. 헛소문에 상처받은 마음과 싸우고 싶은 마음이 무슨 영향을 주었던 것일까. 선생님이 말했다.

"무용수는 이야기를 전달하는 게 가장 첫 번째야. 항상 고민해 봐. 안무는 고칠 것 없어. 이대로 하면 무용제 때 기대해도 좋겠다."

"감사합니다."

선화는 나가면서 차례를 기다리는 아이에게 하이 파이브를 하고 교실로 향했다. 순서를 마친 유미가 기다리고 있을 것이었다. 교실이 있는 3층 복도에 들어서자 유미의 목소리가 울려 퍼지고 있었다.

"함부로 말하지 마! 아니라는 말 못 들었어?"

유미 상대의 목소리는 들리지 않았다. 선화는 생각했다.

'나 때문에 싸우는 게 틀림없어.'

선화는 서둘러 복도를 달렸다. 교실엔 유미와 몇몇 아이가 있었다. 유미가 화를 낸 아이는 그중 하나였다. 쌍둥이 동생이 무용과를 지망했지만 합격하지 못했다고 한 아이였다.

"내 동생은 뒷배경이 없어서 합격 못 했나 봐."

학기 초에 선화를 날이 선 태도로 대했던 아이다. 그 아이 말고도 몇몇 아이가 그랬다. 선화는 그때도 별 반응을 하지 않았다. 실기 시간 몇 번이면 어차피 탐색전은 끝나고 실력은 드러나기 마련이었다. 프리마 돈나인지 군무만 추는 무용수인지 바로 알 수 있는 것과 마찬가지다. 선화는 실력으로 오해를 다 날려 버렸다.

그 애가 얼굴이 빨개져서 쩔쩔맸다.

"누가 뭐랬어? 난 혹시 비밀로 사귀나 했지. 선화는 뭐라고 안 하는데 왜 맨날 네가 난리야."

그제야 유미와 그 애가 선화를 보았다. 선화가 한숨을 쉬고 말했다.

"유미야, 그만 가자."

옷을 갈아입고 교문을 나설 때까지 유미는 말이 없었다. 선화는 유미가 선생님에게 좋은 평가를 받지 못했는지 걱정스러웠다.

"난 이제야 선생님이 고뇌하는 인간이 보인대. 넌 잘했지? 지난번에도 블랙 스완 칭찬받았잖아."

"……."

유미는 대답이 없었다. 선화가 물었다.

"왜? 다시 짜야 할 곳 생겼어? 응?"

"그런 건 아니야. 알잖아. 나 잘하는 거."

유미는 더는 이야기하기 싫은 듯했다. 선화는 유미가 안무를 망쳤나 보다 생각하며 눈치를 봤다. 골똘히 생각에 잠겨 있던 유미가 입을 열었다.

"선화야. 나는 네가 우리 언니보다 더 자매 같아. 누가 너를 오해하는 거 정말 싫고."

"응, 알아"

선화는 유미의 말이 좀 뜬금없게 느껴져 의아했다. 유미가 말을 이었다.

"넌 가만히 있는데 왜 내가 나서냐고 하잖아. 지금까지 다 내가 원해서 한 거야. 보통 너 없을 때 쫑알대니까 내가 버럭버럭하는 거야."

가만히 선화는 듣고만 있었다.

"근데 네 앞에서 걔가 사귀는 거 아니냐고 했을 때 왜 가만있었어? 이젠 너도 직접 말을 해야 할 것 같아. 이런 일에는 더욱."

선화도 생각하지 않은 바가 아니었다. 그동안 침묵을 강요당한 게 부당하다고 생각했지만 막상 목소리를 내려고 하니 쉽지 않았다. 순간적으로 바로 받아치는 것도 어려웠다. 숨죽이고 있다가 지나가기를 기다릴까 하는 마음마저 생기려고 했다. 선화는 고민에 빠졌다.

'나는 겁쟁이일까? 결국 침묵은 내가 선택했을까?'

유미가 선화의 옆모습을 보고 웃으며 선화의 등을 쓰다듬었다.

"선생님 말이 맞네. 고뇌하는 인간. 제목 바꿔. 만점이야."

"그럴까 보다."

선화가 유미의 말에 픽 웃으며 휴대폰을 꺼냈다.

"어머!"

선화 휴대폰에는 부재중 번호가 여러 번 찍혀 있었다. 모르는 번호였다. 위잉위잉. 선화의 휴대폰이 또 울렸다. 부재중 번호와 같은 번호다.

"받아 봐."

유미가 재촉했다.

"여보세요."

선화가 전화를 받았다.

"나, 조서동이야."

"어!"

조서동의 목소리가 또렷하게 선화의 귓속을 타고 온몸으로 울렸다. 선화는 소름이 끼쳤다. 조서동에게 쏘아붙이고 싶은데 마음과 달리 말이 잘 나오지 않았다.

"조서동이야?"

유미가 입 모양으로 물었다. 선화가 고개를 끄덕였다. 유미가 선화 휴대폰을 빼앗아 녹음 버튼을 눌렀다.

"여보세요? 선화니?"

조서동의 목소리가 휴대폰 너머에서 선화를 찾았다. 선화가 다시 전화를 받았다.

"왜."

"내 방송 봤어?"

"그거 물어보려고 전화했니?"

"아, 그게 아니라 내가 할 말이 있어."

"사과가 아니면 난 들을 말이 없는데."

선화는 화가 치밀어 오르는 것을 간신히 참으며 냉정해지려고 애썼다. 감정을 꾸역꾸역 누르려 하다 보니 목소리가 떨렸다.

"난 너 본 적도 없는데 무슨 생각으로 그러는 거야?"

"어차피 이렇게 된 거 그냥 사귀자. 너도 나쁠 거 없잖아?"

"뭐?"

선화는 조서동이 진짜 사귀자는 말을 하리라고는 전혀 예상하지 못했다. 조서동은 선화가 당연히 받아들일 거라고 믿는 듯 자신 있게 말했다.

"순서가 바뀌기는 했지만 너랑 사귀고 싶었어. 너도 소문만 나는 것보다 낫지 않아?"

"너, 너 어떻게……."

선화는 화가 나서 더 말하고 싶은 기분이 아니었다. 어이가 없어 어떻게 화를 내야 할지 알 수 없었다. 선화는 입술만 꾹 깨물다가 전화를 끊어 버렸다.

"왜 그래?"

유미가 물었다. 선화는 대답하면서 어쩐지 창피했다.

"어차피 소문만 난 것보다 사귀는 게 낫지 않느냐고."

"너 팔아서 뜨더니 뵈는 게 없나. 이거 뭐야."

그사이 조서동의 SNS가 업데이트되었다. 선화와 유미는 업데이트된 사진을 보고 깜짝 놀라 서로를 바라보았다.

사진은 선화네 학교 수돗가였다. 선화가 손을 씻는 옆모습이 보이고 그 뒤에서 조서동이 수건을 들고 서 있었다. 사진 제목이 더 가관이었다. 자상한 남친. 사진을 자세히 들여다보던 유미가 소리쳤다.

"이 사진 머리끈. 혜리 언니가 너랑 나한테 사 준 거 맞지? 너 저번에 잃어버렸잖아?"

선화와 유미의 2년 선배인 혜리는 주목받는 무용수였다. 강렬한 표현과 힘 있는 동작이 특기인 유미를 자신과 닮았다며 무척 아꼈고 유미와 친한 선화까지 잘 챙기곤 했다. 발목 부상으로 무용을 그만두게 되어 상심했지만 지금은 이름만 대면 누구나 아는 유명한 모델이었다. 그런 혜리가 선물한 머리끈을 잃어버린 것은 학기 초였다.

학생 래퍼 대회에 나가기 전 랩 가사부터 수돗가 사진까지 전부 착실하게 계획된 일이라고 할 수밖에 없었다. 선화는 머리부터 발끝까지 차가운 물을 뒤집어쓴 것처럼 부들부들 떨렸다. 조서동 SNS에 댓글이 줄줄이 이어졌다.

[조서동 눈 낮음]

[슈크림 볼 소녀, 전생에 나라를 구했나]

[조서동 오빠가 아깝다]

선화는 어지럽고 식은땀이 났다. 유미가 말했다.

"안 되겠다. 너 인터뷰라도 해야 하지 않아? 아니면 SNS에 아니라고……."

"인터뷰? 내가 직접?"

유미가 소리를 질렀다.

"그것도 내가 대신 하냐?"

"왜 그래?"

선화가 놀라서 유미를 보았다. 유미의 눈동자가 터질 듯 이글거렸다.

"뭘 왜 그래? 바보야? 네가 그러니 그런 꼴을 당하지."

"뭐라고?"

선화는 귀를 의심했다. 다른 사람은 몰라도 유미는 언제나 자신을 이해한다고 믿었다. 선화 목소리가 떨렸다.

"내가 뭘 잘못했다고 그런 말 해? 넌 알잖아?"

"나만 알면 뭐 해. 남들은 모르잖아. 모르는 사람한텐 똑바로 말하란 말이야. 언제까지 누가 대신 말해 주고 대신 싸워 줘?"

유미는 소리치고 앞장서서 걸었다. 선화는 멀뚱하게 서 있다가 유미를 뒤따랐다. 유미가 짜증을 냈다.

"왜 따라와?"

"왜 화를 내고 그래?"

"아까 조서동이 사귀자고 했을 때도 확실하게 아니라고 욕을 했으면 걔가 이 사진 올렸겠어?"

"이미 찍어 둔 사진이잖아. 내가 말하고 싶어도……."

"JP페이스트리 공주님이야? 대변인이 있어야 말하니? 답답하니까 가."

유미는 선화를 두고 가 버렸다. 선화는 하필 자신이 가장 힘들 때 자신을 이해 못 하는 유미가 미웠다. 공주님이냐고? 조서동보다 유미에게 받은 충격이 더 컸다.

이튿날 학교에 갈 때까지 유미에게서는 연락이 없었다. 선화가 무거운 걸음을 이끌고 교문을 들어섰을 때였다. 아이들 한 무리가 모여 소란스럽게 웅성이고 있었다. 화통과 스케치북을 든 아이 둘이 뛰어가며 말하는 목소리가 들렸다.

"조서동이다. 학교생활 촬영하나 봐."

"그게 누구야? 아, 그 래퍼라는 애?"

선화는 조서동 이름을 듣자마자 온몸이 굳는 느낌이 들었다. 심장박동이 빨라지고 숨이 차올랐다. 조서동이 자신을 볼까 봐 겁도 났다. 허둥지둥 반대편으로 돌아서 도망치듯 걸었다.

'잘못한 사람은 내가 아닌데 왜 숨지?'

선화는 자신을 이해할 수 없었다. 아이들이 떠드는 소리가 선화를 따라왔다.

"연극과 애 맞지?"

"키는 큰데 우리 학교에 저런 애가 있는지 몰랐어."

그때 익숙한 목소리가 선화를 멈춰 세웠다.

"솔직히 실물이 좀 낫다."

선화는 목소리의 주인공을 확인하려고 돌아보았다. 유미였디. 유미가 수지와 발끝을 세우고 조서동을 보고 있었다.

"비주얼이 나쁘지는 않다. 좋지도 않고."

수지 말에 유미가 고개를 끄덕였다. 선화는 그 모습을 보고 돌아서 교실로 들어왔다. 책상에 엎드려 생각했다.

'피해자는 나야. 그런데 왜 가해자는 박수 받고 아무렇지도 않게 지내는 거야. 난 숨어 있는데.'

잠시 뒤 유미와 수지가 교실에 들어왔다. 유미는 선화가 엎드려 있는 것을 보고 말을 걸어왔다.

"어디 아파?"

어색한 말투였다. 선화는 유미가 어제 화를 낸 것도 섭섭했지만 조서동을 보고 실물이 낫다고 한 게 더 속상하고 괘씸했다. 엎드린 채로 딱 잘라 대답했다.

"아니야. 괜찮아."

선화의 차가운 대답에 유미도 냉랭해졌다. 그날 온종일 선화와 유미는 서로 눈을 마주치지 않았다. 수지가 선화 자리로 다가왔다.

"뭐야. 너네 싸웠어?"

수지의 말에 선화는 별다른 대꾸를 하지 않았다.

"아까 유미랑 조서동 봤는데 생긴 건 멀쩡하더라. 유미가……."

수지는 선화가 아무런 반응을 보이지 않자 눈치만 살피다 제자리로 돌아가 버렸다. 선화는 다 꼴 보기 싫어 수업이 끝나자마자 연습실에 가지 않고 혼자 집으로 와 버렸다. 침대에 누워 휴대폰을 보는데 또 조서동이 검색어 순위에 올라 있었다.

"또 뭐야?"

학생 래퍼 프로그램 선공개 영상 때문이었다. 선화는 조서동 미션 곡을 클릭했다.

Come to me

작사·작곡 조서동

백조의 호수의 오데트 잠자는 숲속의 벨

너를 지키는 돈키호테가 될 수 있을까

나는 너를 위해 목숨을 바치는 호두까기 인형

네가 어떻게 날 알겠어. 슈크림 볼 속에서 웃기만 하는걸.

웃을 때나 떠날 때나 달콤해.

널 만난 이후로 없어 내 우울

널 기쁘게 하고 싶어서 팠어 한 우물

이제 날려 버렸지 앞으로의 눈물

그렇게 나를 모른 척하지 마

그렇게 나를 슬프게 하지 마

선화는 눈에서 레이저가 나올 것 같았다. 선화가 사귀지 않는다고 할 때에 대비해서 선화를 지목하지 않고 소문만 낸 것도 그렇지만, 헤어진 뉘앙스를 풍겨 더 관심을 끄는 데 성공한 듯했다. 댓글이 줄줄이 이어졌다.

[조서동이 어차피 아까웠는데]

[슈크림 볼 소녀 주제도 모르네]

[조서동 오빠 힘내세요]

입술이 부들부들 떨렸다. 그때 또 휴대폰이 울렸다. 조서동이었다. 선화는 녹음 버튼을 눌렀다.

"야!"

선화는 전화를 받자마자 소리를 빽 질렀다. 조서동이 선화의 말을 막았다.

"잠깐만. 너 내 영상 봤구나."

"뭐야, 너. 미쳤어?"

"그러니까, 그냥 사귀자. 잘해 줄게."

조서동의 목소리는 자신감에 차 있었다. 선화는 그 당당함을 더 참을 수 없었다.

"찌질해서 싫어."

선화는 싫다는 말에 힘을 주었다. 유미 말이 맞았다. 자신이 아니면 누가 대신해 줄 수 없는 말이었다.

"너, 가사 주인공 내가 아니라고 똑바로 해명해. 아니면 이 대화 공개할 거야."

조서동은 선화의 거절이 뜻밖이라는 듯 소리쳤다.

"뭐? 야! 너랑 사귀려고 하는 건 진심이야."

"내 경고도 진심이야. 바로 공개해.버릴 수 있지만 기회를 주는 거야."

"진, 진짜 공개……."

선화는 전화를 끊어 버렸다. 꽉 막힌 것 같던 속이 조금 풀리는 기분이 들었다.

'이래서 유미가 직접 말하라고 한 건가. 이제부터 가만히 있지 않을 거야.'

녹음이 잘되었는지 들은 다음 선화가 찾아간 곳은 유미의 집이었다. 연습실에서 돌아올 시간이었다. 아파트 놀이터 앞 가로등 불빛이 환하게 밝아 왔다. 선화는 다가오는 사람들의 걸음걸이를 눈여겨보았다. 캄캄해서 유미 얼굴을 알아보지 못한다고 해도 팔자걸음을 보면 무용하는 아이라는 것을 대번에 알 수 있기 때문이었다. 잠시 뒤 팔자걸음의 가녀린 그림사가 다가왔다. 유미였다.

"어! 너 나 기다린 거야?"

유미는 선화를 보고 무척 반가운 얼굴을 했다.

"이리 와 봐."

선화는 놀이터에서 조서동과 통화한 내용을 들려주었다.

"진, 진짜 공개……."

유미가 조서동 흉내를 내며 비웃었다.

"찌질해서 극혐이야."

선화가 유미의 눈을 들여다보며 말했다.

"네가 뭐라고 안 했으면 아직도 말 못 했을지도 몰라. 고마워."

유미가 겸연쩍게 웃었다.

"뭘. 나도 화내서 미안해. 말도 막 했잖아."

선화도 유미를 따라 웃었다.

"네가 좀 그렇잖아."

"야, 너도 좀 답답하지 뭐."

유미가 선화의 등을 손뼉 치듯 찰싹 때렸다.

"내 성에 차진 않지만 뭐 발전했다. 앙 드 오 피루엣."

아파트 단지에는 오가는 사람이 많았다. 선화는 거리낌 없이 팔을 동그랗게 모아 턴을 했다. 유미는 선화네 집으로 향하는 갈림길까지 바래다주었다. 선화가 환하게 웃으며 말했다.

"잘 가. 쥬떼."

유미가 웅덩이라도 건너는 것처럼 한쪽 다리를 공중에 날리며 점프했다. 유모차를 끌고 가는 아주머니가 둘을 보며 웃었다. 이번엔 유미와 선화 둘 다 아주머니를 향해 공연 인사를 했다.

선화는 가벼운 발걸음으로 집으로 돌아갔다. 잠시 후 유미에게서 카톡이 왔다.

> 조서동 SNS에서 네 사진 지웠어

> 내가 좀 무서웠지

> 뭐래. 뭘 했다고! ㅋㅋ

> 이제 시작이야. 두고 봐. 할 말은 한다니까!

선화는 유미에게 답을 하고 침대에 누워 생각했다.

'천사와 악마. 난 어차피 둘 다 아니잖아.'

천사라야만 한다고 생각해 왔던 게 문제일지도 몰랐다. 사람들은 닥치고 웃기만 하는 천사 같은 슈크림 볼 소녀를 바랄지 모르지만 사람들이 원하는 대로 살아 줄 수는 없다.

하루를 더 기다렸지만 조서동은 해명하지 않았다. 조서동의 선공개 영상은 학생 래퍼 참가자 중 가장 높은 조회 수를 기록했다. 선화는 속이 부글부글 끓어올랐다.

연습을 마치고 선화와 유미가 교문을 나설 때였다.

"선화야."

키 큰 실루엣이 선화를 막아서더니 물병을 내밀었다.

"응?"

선화가 얼떨결에 물병을 받아 들었다. 물병을 내민 사람은 조서동이었다.

"누가 물 달랬냐."

유미가 선화의 손에 있는 물병을 낚아채 조서동에게 던지듯 돌려주었다.

"내가 만난다고 하지도 않았는데 왜 찾아왔어?"

흥분한 유미와 달리 선화는 오히려 침착하게 물었다. 선화의 목소리는 낮았지만 울림이 있었다. 조서동의 동공이 흔들렸다. 선화가 말을 이었다.

"너 비겁하고 찌질해. 내가 기다릴 만큼 기다려 준 것 같은데 왜 해명 안 해?"

"꼭 그래야겠어?"

"뭐라고?"

조서동의 뻔뻔한 태도에 선화와 유미는 당황했다. 둘은 할 말을 잃고 서로 눈을 바라보았다.

"얼굴에 철판 깐 새끼."

유미가 침묵을 깼다.

"네가 일 저질러 놓고 수습하라니까 그래야겠느냐고?"

조서동이 낮은 목소리로 말했다.

"욕하지 마. 내가 잘못한 건 맞아. 그래도 이런 거 밝혀서 끌어내릴 필요까지는 없잖아."

선화는 더는 조서동의 말을 들어 줄 생각이 없었다.

"네가 나 이용했다고 사과해야겠지만 그럴 수 있는 사람이면 이런 짓도 안 하겠지. 넘어가 주려고 했는데 기회를 날려 버렸네."

조서동이 한숨을 쉬고 말했다.

"너 사귀고 싶은 건 진심이었어. 네가 그렇게 싫으면 헤어졌다고……."

유미가 발을 쾅쾅 굴렀다.

"뭐래. SNS에 쉴드 쳐 주는 애들만 보니까 정신 나갔냐. 너 노답인 것도 진심이다."

선화가 조용히 유미의 말에 덧붙였다.

"한심하다. 수습도 못 하면서."

선화는 조서동의 대답을 기다리지 않고 빠른 걸음으로 조서동을 지나쳐 버렸다.

"나, 나는, 야!"

조서동이 불렀지만 선화는 조서동의 얼굴을 더 보고 있을 기분이 아니었다. 학교에서 멀어지지 긴장이 풀리며 피곤이 밀려왔다. 유미가 다가와 팔짱을 꼈다.

"잘했어. 나, 나는……."

유미가 물병을 받는 포즈를 취하며 조서동 흉내를 냈다. 선화와 유미는 편의점에 들러 음료수를 사서 파라솔 아래 자리 잡았다. 선화가 말했다.

"아쉬운 대로 내 SNS라도 먼저 올려야겠어."

"뭐? 조서동 카톡? 네가 올리면 나도 공유해야지."

선화와 유미는 각자의 SNS에 카톡 사진을 캡처해 올렸다. 선화는 여러 번 조서동에게 해명을 요청했지만 무시당하여 직접 해명하며, 실력으로 인정받는 래퍼가 되기를 바란다는 글을 함께 올렸다. 학생 래퍼 게시판은 말 그대로 폭주했다.

[찌질의 극치 하차하라]

[슈크림 볼 소녀 얼마나 기가 막혔을까]

[조서동 광탈 예약]

그날 새벽, 모델 혜리가 유미의 SNS에 올린 선화의 글을 전부 공유했다.

[천사 같은 우리 후배, 마음고생이 얼마나 심했을까. 힘내. 언니가 응원한다.]

그것이 결정타였다. 혜리의 SNS로 다음 날 아침 학교 앞에 기자들까지 와 있었다.

"잠시 한마디만 해 주세요."

몇몇 기자가 다가왔지만 선화는 인터뷰를 거절했다. 사실을 밝히고 오해를 벗은 것은 기뻤다. 그러나 주목받는 것은 아직 두려웠다. 유미가 교실에서 선화에게 속삭였다.

"조서동 결석했대. 마음 쓰지 마. 지 무덤 지가 판 거야."

"응."

이튿날 오후 조서동의 SNS에 해명 글이 올라왔다.

저를 사랑해 주시는 분들에게 알립니다.

안녕하세요. 조서동입니다. 학생 래퍼 다음 미션 곡을 준비하지 못하고 하차하게 되었습니다. 프로그램에 피해를 드려 죄송합니다. 선화 님께 사과드리며 오해를 살 만하게 가사를 쓴 점도 반성합니다. 앞으로 조서동 이름이 아닌 랩네임 MC 무로 작업하여 더 좋은 곡으로 찾아뵐게요.

사실이 밝혀진 상황에서 사과문이 좋은 반응을 보일 수 없었다. 조서동은 서둘러 SNS 댓글을 차단해 버렸다. 대신 학생 래퍼 게시판에는 욕 댓글이 줄줄이 이어졌다. 욕이 대부분이지만 여전히 편드는 팬들도 있었다.

종례 시간 직전 선화는 조서동의 사과문을 확인했다.

"유미야, 이것 봐."

"오우, 개찌질이 꼬리 내렸네."

하필 담임 선생님이 들어왔다.

"누구니, 또. 급훈 몰라? 급훈 뭐야."

아이들이 킬킬대며 대답했다.

"우리는 우아하다."

"그렇지. 무용제에서 맡을 역할 정할 때 창작 안무 평가 반영하는 거 알지? 마지막으로 손봐야 할 사람들 명단 반장한테 줄 테니까 남아."

"네."

선생님이 몸을 돌려 나가려고 할 때 선화가 선생님 뒤통수에 대고 물었다.

"제목 바꿔도 돼요?"

선생님이 시원시원하게 대답했다.

"그럼. 어떻게 바꿀 거야?"

선화가 또렷하게 대답했다.

"슈크림 볼 소녀는 없다, 로요."

시간 여행자의 방문

1. 이혜준의 시간

나는 방 구석진 곳에 서서 지아를 바라보았다. 어떻게 다가가야 할지 모르겠다. 이번엔 지아가 나를 알아볼까. 하물며 지금은 지아가 나를 알지 못했을 때다. 이 시간을 선택한 게 잘한 일일지 모르겠다. 제발 나를 볼 수 있어야 할 텐데. 나는 조바심을 내며 방 안을 돌아다녔다.

지아는 책상에 앉아 등을 동그랗게 구부리고 있다. 여린 등을 보니 어깨를 토닥여 주고 싶다.

지아의 침대 위에 블랙홀 사진이 붙어 있다. 이사 오자마자 붙였나 보다. 인류 최초의 블랙홀 사진이라고 숨넘어가게 자랑하던 지아의 얼굴이 떠올랐다.

나는 가까이 가서 책상 위에 놓인 지아의 휴대폰 화면을 보았다. 8월 3일. 지아네 가족이 이사 왔다는 날이 확실하다. 더불어 지아 인생 최악의 날이다. 힘든 날이니만큼 나를 알아볼 수 있을까. 지아만큼 나도 불안하다.

콸콸콸. 밖에는 폭우가 쏟아지고 있다. 내가 돌아다니자 지아가 눈살을 찌푸린다. 나를 느끼는 것일까. 우당탕. 지아가 기지개를 켜다가 뒤로 넘어갔다. 저 의자는 늘 말썽이랬지. 지아가 일어나며 엉덩이를 문지른다.

"괜찮아?"

나는 망설이다 입을 열었다. 지아가 들었을까? 조마조마하다.

"뭐지?"

지아가 두리번두리번했다. 이번엔 느낌이 다르다! 지아가 나를 느끼고 있다. 나는 지아를 큰 소리로 불렀다.

"유지아! 나야!"

지아의 동공이 흔들렸다. 내 소리를 듣는 게 틀림없었다. 지아가 내 말을 듣게 만들어야 한다. 지아 성격에 객관적인 증거가 없으면 잘못 들은 걸로 무시할 것이다. 그러면 지금까지 그랬던 것처럼 모든 것이 물거품이 된다. 뭘 말해 줘야 할까.

문득 부엌에서 지하실로 내려가는 도어 록 비밀번호가 생각났다. 귀찮아서 전 주인이 쓰던 그대로 뒀다고 했었다. 나는 온 힘을 쥐어짜 소리를 쳤다.

"284572! 별표!"

"뭐? 284?"

지아가 고개를 갸우뚱했다. 나는 고래고래 외쳤다.

"너희 지하실 내려가는 문! 번호 284572 별표라고!"

지아는 내 말을 듣고 나서도 꼼짝하지 않았다. 나는 지아를 다그쳤다.

"부엌 구석에 있는 문이 지하실로 통해! 너랑 놀다 너네 아빠 오시면 늘 거기로 숨었다고!"

그제야 지아가 방에서 나가 부엌으로 갔다. 지하실로 내려가는 도어 록 번호판을 바라본다.

"지아야! 내 말 믿어!"

내가 소리치자 지아는 숨을 한 번 들이쉬고 도어 록을 건드렸다. 234572. 별표. 띠리링. 도어 록이 해제되었다. 지아는 뭐가 뭔지 모르는 얼굴이었다. 나는 그 틈을 놓치지 않았다.

"내 말이 맞지?"

지아가 두 손으로 머리를 쥐어뜯었다.

"나, 미친 건 아닌데……."

지아가 자신을 의심하고 있었다. 내 목소리를 듣고도 나를 못 본다. 처음 사귀는 남자 친구라 특별하다고 했으면서! 귀신 따위 없다고 굳게 믿는 스타일이라 그런 걸까. 나는 고함을 질렀다.

"야! 유지아! 너 지금 나 무시하냐! 날 보라고!"

지아가 발끈했다.

"뭘 보라는 말이야! 아무것도 없……."

지아와 눈이 마주쳤다! 지아가 나를 알아보았다! 나는 반가워서 지아 앞으로 다가갔다.

"뭐, 뭐, 뭐야! 가까이 오지 마!"

지아가 주저앉았다. 나를 두려워하는 눈빛에 가슴이 아팠다. 바보야. 나야, 이해준! 내가 널 몇 번이나 찾아왔는지 알기나 하니! 이제야 나를 봐 놓고 왜 피하는 거야! 지아는 나를 보면서도 믿기지 않는 표정이었다. 내가 속삭였다.

"나 해준이야."

내 말을 듣는지 마는지 지아는 정신이 나가 있는 것 같았다. 지아의 입술이 바르르 떨렸다. 나는 허둥지둥 덧붙였다.

"놀란 것 알아. 하지만 난 너를 도우려고 왔어."

지아가 고개를 가로저었다.

"이제 하다 하다 헛걸 다 보고……."

"알아, 안다니까. 너, 이사 막 왔을 때가 가장 힘들었다고 했어. 그래서 지금 온 거야."

지아가 머리를 쥐어뜯고 있다. 눈을 감았다 떴다 하는 모습을 보니 아직도 제정신이 아닌 듯하다. 혹시 쓰러지면 어떡하지? 지아가 진정되기를 기다렸다가 말을 이었다.

"이사 온 첫날 엄마 아빠가 정리할 게 있다고 다시 서울로 갔다고 했어. 사흘 동안 너 혼자 있었대."

"사흘이나 있다가 들어온다는 거야?"

지아가 흥분했다. 내 말을 믿기 시작한다는 거다. 나는 지아를 이해한다는 눈빛을 발사했다. 3학년 1학기 끝나자마자 급작스러운 이사라니. 수능을 100일 남짓 남겨 두고 전학을 와서 힘들겠지. 물론 그래서 나를 사귀었을 수도 있지만 아무려면 어떤가. 지아처럼 똑똑하고 멋진 여자애는 내 인생 통틀어 처음 봤다. 앞으로도 못 볼 것이다.

지아와 처음 친해졌을 무렵 지아가 그랬다. 아빠 사업이 어려워진 줄은 알았지만 갑자기 이렇게 폭삭 망할 줄은 몰랐다고. 지금 여러 가지로 불안하고 슬플 것이었다.

안타깝지만 반대로 생각하면 그런 이유로 나를 볼 수 있는 것 같다. 안정적인 상태보다는 혼란스러울 때 사람은 더 예민해지는 법이니까. 내가 말했다.

"유지아! 내가 누군지는 안 궁금하냐?"

"뭐?"

지아는 망연자실 부엌 바닥에 주저앉은 상태였다. 나는 지아 옆으로 다가갔다. 지아가 질겁했다.

"야, 가까이 오지 말고 거기서 말해."

나는 지아의 태도에 상처받았다. 내가 지아를 많이 좋아해서 그런 걸까. 지아의 사소한 말투나 행동에 섭섭할 때가 많다. 하지만 지금은 삐칠 시간이 없었다. 나는 다짜고짜 말했다.

"내년 1월 8일에 절대 방파제 길 가지 마."

내 말에 지아는 어이가 없다는 얼굴을 했다. 저 표정은 무시하겠다는 뜻이다. 나는 다급해서 지아에 관해 생각나는 대로 주워 삼켰다. 신뢰를 쌓아야 내 말을 믿을 것 같아서다.

"너 초등학교 때 그네 타다 떨어져서 쇄골이 부러진 적 있다고 했어. 전학 오기 전 친한 친구 이름은 혜지."

지아의 눈이 동그랗게 열렸다. 지아에게 이런 표정이 있었나. 마치 도끼 같다.

지아는 이 상황이 무슨 일인지 생각하는 눈치였다. 지아가 솔깃할 말을 해야 했다. 그래야 내 말을 철석같이 믿고 방파제에 얼씬도 안 할 테니까. 지아가 가장 기뻐한 날이 언제였던가.

우리가 합격한 날을 떠올렸다. 먼저 합격 통보를 받은 지아는 기쁜 내색을 참고 있다가 내가 추가 합격을 하고 나서야 두 배로 환호했다. 냉정해 보여도 그만큼 속이 깊은 애다.

우리는 서로의 대학교를 휴대폰으로 검색해 보며 중간쯤 되는 장소에서 만나자고 약속했다. 그 약속을 지키기 위해서라도 지아는 내 말을 믿어야 한다. 지아에게 한 발짝 다가갔다.

"우리 둘 다 수시 합격 했어. 넌 두 군데에 최초 합격했고."

지아가 귀를 쫑긋 세웠다.

"진짜야? 합격했어?"

성공이다. 지아가 다시금 물었다.

"나 두 군데는 합격이라고?"

"응. 다 잘될 거야."

내 말에 지아가 울컥했다. 마음이 찌르르 울렸다. 늘 씩씩하고 당찬 내 여자 친구 유지아가 고작 이런 말에 눈물을 보이려 하다니. 아마 내가 짐작했던 것보다 훨씬 더 불안했나 보다. 마음이 아프다.

우르르 쾅쾅. 천둥이 세게 치더니 형광등이 지지직 소리를 냈다. 부엌 불이 꺼졌다 켜졌다 반복했다. 지아 얼굴에 공포가 비쳤다. 지아가 부탁했다.

"그, 그러지 마."

목소리가 떨리고 있었다. 나는 고개를 저었다.

"내가 그러는 게 아니야. 비가 많이 와서 그래. 난 귀신이 아니라고."

지아는 침착하려고 애쓰는 것 같았다.

"그럼 왜 나타난 거야? 이 상황을 좀 알아듣게 말해 봐."

막상 말하라고 하니 어디서부터 해야 할지 모르겠다. 나도 큰일을 겪고 난 뒤여서 머리가 멍했다. 몇 번을 겪어도 익숙해지지 않는 일이 있다. 지아가 조심스럽게 입을 열었다.

"혹시 내 수호신이라도 돼?"

뭐? 수호신이라고? 나는 잠시 할 말을 잃었다. 과학 덕후 유지아가 수호신 따위를 믿을 거라고 생각도 못 했다. 나는 대강 그렇다고 얼버무릴까 갈등했다. 구구절절 설명할 시간도 줄이고 지아가 내 말을 더 잘 들을 것 같아서다.

생각해 보면 틀린 말도 아니다. 지아와 나. 수능을 앞둔 내내 우리는 서로의 수호신 같았다. 항상 힘이 되어 주고 등 뒤를 지켜 주었으니까. 나는 수호신의 포스를 갖추려고 애쓰며 낮은 소리로 말했나.

"유지아. 네가 지금 걱정하는 일은 다 괜찮아질 거야. 딱 한 가지만 조심하면 돼."

"그게 뭔데?"

"내년 1월 8일에 방파제 길 안 가는 거."

지아가 나를 의심스러운 눈으로 보았다. 내가 열을 올렸다.

"그냥 약속해! 어려운 일도 아니잖아. 나도 힘들게 널 만나러 왔단 말이야."

나를 만나기 전이니까 못 믿는 게 당연하다는 건 안다. 그래도 섭섭한 건 섭섭한 거다. 나였다면, 내 앞에 지아가 나타났다면, 나는 지아의 말을 다 들었을 텐데. 나는 절대 지아를 못 보는 일이 없었을 거다. 지아가 귀신의 모습을 하고 있다고 해도 반했을 테니까. 지아가 의심스러운 말투로 물었다.

"수호신은 늘 옆에 있는 거 아니야? 왜 생색을 내?"

생색이라니. 유지아. 내가 어떤 마음으로 이 시간까지 왔는데, 네가 그런 말 하면 안 되지. 이건 섭섭함을 넘어서 화를 내야 할 말이지만 참아야 했다.

지아에게 오늘이 가장 외롭고 힘든 날이라는 건 익히 들어서 알고 있으니까. 게다가 수호신 같은 걸로 손쉽게 지아를 속이기엔 지아가 너무 똑똑하다. 나는 솔직하게 털어놓기로 했다.

"난 지금 병원에 있고 이름은 이해준……."

"유체 이탈 했단 말이야? 완전 뻥 같은데?"

또 시작이다. 지아가 따지고 들면 끝도 없다. 나는 마음을 단단히 먹었다.

"나 사고당해서 멀쩡하지 않은데 널 만나러……."

"사고? 너 사고당했어?"

지아가 놀란 표정을 지었다. 나는 허둥지둥 말을 이었다.

"그래. 넌 아직 모르겠지만, 너 전학 오자마자 난 너한테 반했어. 읍내 나가면 이 지역 딱 하나뿐인 패밀리 레스토랑이 있어. 그날 내 생일이었거든. 우리 둘이 거기 가겠다고 방파제 길을 걷다가 파도에 휩쓸렸어. 난 지금 중환자실에 있어."

내 말을 골똘히 듣던 지아가 나를 들여다보았다. 이 와중에 미친 소리 같지만 동그랗게 뜬 눈이 진짜 예쁘다. 지아가 물었다.

"그럼 넌 시간을 거슬러 왔다는 거야?"

지아는 과학적으로 보면 시간 여행이 가능할 수 있다고 주장했다. 지아가 그럴 때마다 나는 말도 안 된다고 받아쳤다. 우린 가끔 그 문제로 아웅다웅하곤 했다. 이제 와 인정하긴 싫지만 지아 말이 맞았다. 시간 여행은 가능했다. 내가 그 증거니까.

영화에 나오는 타임머신과 다른 점은 내 몸과 따로 논다는 점이다. 나는 의식 불명에 빠지고 나서야 시간을 선택할 수 있었다.

"의식 불멍이라서 가능했을 수도 있겠네."

내 말을 들은 지아가 수긍했다.

"유체 이탈도 엄밀히 말해서 맞는 거지. 네 몸은 병원에 있고 네 영혼만 지금 과거로 온 거니까."

그래. 잘났다. 나는 고개만 주억거렸다. 갑자기 지아가 일어서서 방 쪽으로 갔다. 시공간의 이동이 자유로운 나는 미리 지아의 방에 가 있었다.

"아, 깜짝이야."

지아가 흠칫 놀라더니 휴대폰을 집어 들고 물었다.

"이해준이라고 했지? 카톡 아이디나 인별 아이디 대 봐."

나는 순순히 인별 아이디를 불러 주었다.

"haejuni0108."

지아가 내 사진을 보았다. 내가 말했다.

"걔가 나 맞아."

지아가 나와 휴대폰을 번갈아 보더니 고개를 끄덕였다.

"진짜 맞네. 근데 왜 너한테 안 가고 여길 왔어?"

목소리에서 의심이 묻어났다. 당연한 의심이기도 하다. 한숨이 나왔다. 나는 답답함을 쏟아 냈다.

"나한테 먼저 갔지. 난 너랑 달리 귀신을 믿고 있었으니까 단박에 알아봤어."

지아는 그 사실도 과학적으로 설명하고 싶은 눈치였다. 나는 손을 들어 지아의 말을 막았다.

"말할 새도 없었어. 도플갱어가 나타났다고 난리를 쳤거든. 무슨 말이 통해야지. 도플갱어를 봤으니까 곧 죽을 거라고 법석을 떨더라."

사실이었다. 나를 구하러 온 나. 자신을 구하러 온 자신. 말이 좀 이상하지만 나를 본 나는 부들부들 떨었다. 도플갱어를 둘러

싼 괴담을 검색하고 헛소리를 끊임없이 해 대서 나조차 정떨어질 판이었다. 지아가 웃으며 눈을 반짝였다.

"그럼 도플갱어를 보면 죽는다는 말도 일리가 있네. 자신을 살리려고 과거로 돌아왔지만 결국 미래를 바꾸지 못한 거야! 역시 알고 보면 과학적으로 설명할 수 있지. 도플갱어는 사실 시간 여행자……."

나를 구해 달라고 부탁하는 이 시점에서도 지아는 자신의 이론을 늘어놓았다. 나는 참다 참다 폭발했다.

"지금 그게 문제야? 암튼 내년 내 생일에 나랑 방파제 길 가지마. 아예 집에만 있어."

"알았어, 알았다고."

그제야 지아가 고개를 끄덕였다. 나는 못을 박았다.

"맹세하지? 내가 어디 가자고 해도 들어주지 마. 약속한 거다?"

"응, 그럼."

내가 몇 번이고 묻자 지아도 심각성을 깨달은 모양이었다.

드디어 지아가 나를 알아보고 약속했다. 지아는 한다면 하는 애니까 약속을 지켜 줄 것이다. 비록 내 사고를 별로 안타까워하는 것 같지 않지만 나와 만나기 전이니까 어쩔 수 없다. 지아가 이사 온 날, 혼자 있던 시간으로 오길 잘했다. 나를 알아보지 못하는 지아를 붙잡으며 더는 안타까워할 필요가 없다. 열 번이 넘는 시도 끝에 겨우 지아는 나를 알아보았다.

내가 한숨 돌리는 사이 지아는 휴대폰으로 전화를 걸었다 끊었다 하고 있었다. 걱정스러운 얼굴이었다. 내가 말했다.

"너희 부모님 연락 잘 안 됐다고 했어."

지아가 한숨을 쉬었다.

"그거라도 아니까 좀 낫다."

나는 지아가 이사 온 날에 관해 또 들은 말이 뭐가 있었는지 생각해 내려 애썼다. 그때 지아가 내 가까이 다가왔다. 지금까지와 달리 구미가 확 당긴다는 표정이었다.

"너 사고 난 거, 수능 보고 난 다음에 일어난 일이잖아? 너 수능 뭐 나왔는지도 알겠네? 나 논술 전형도 지원할 건데 논술에 뭐 나왔는지는 말 안 했어?"

사고를 당하기 전까지 나도 지금의 지아와 같았다. 우리의 모든 신경은 대학 입학에 쏠려 있었다. 지아가 이런 질문을 하는 건 아주 당연하다.

세찬 파도에 휩쓸려 지아의 손을 놓친 일. 뼛속까지 스며든 차가운 바닷물. 순식간에 돌덩이처럼 무겁게 나를 짓누르던 내 회색 코트의 기억이 없다면 지금도 나는 가장 힘든 기억으로 고등학교 시절을 꼽을 것 같다.

"너 시간 여행자라며? 수능 다 봤을 거 아니야?"

지아가 나를 재촉했다. 나도 슬그머니 욕심이 났다. 다시 돌아간다면 좀 쉽게 가고 싶다. 내가 다짐했다.

"기억나는 대로 말할 테니까 나중에 다 얘기해 줘야 돼."

"당연하지!"

지아는 아예 노트까지 펼쳐 놓고 있었다. 눈에서 레이저가 나올 판이다. 나는 최대한 생각나는 대로 말하려고 했다. 어떤 문제가 있었더라. 생각이 잘 나지 않았다. 누가 수능에 나왔던 문제를 외우고 있단 말인가. 그것도 몇 달이 지날 때까지 말이다.

"뭐야, 이게 다야?"

지아는 그러면 그렇지 하는 표정이었다. 내가 더듬더듬 변명했다. 지아 앞에선 왜 항상 이 모양인지 모르겠다.

"문, 문제를 어떻게 다 기억해……. 참, 이건 말해 줘야겠다."

나는 지아와 지아네 엄마가 싸웠던 일을 기억해 내고 덧붙였다.

"너희 엄마가 교대 가라고 하면 물리학과 가서 교직 이수한다고 해. 너희 엄마 은근히 단순하시잖아."

"아, 그래야겠다. 별걸 다 아네."

"당연히 알지. 남친이라니까."

지아가 나를 믿지 않는 것 같아 남친이라는 점을 강조했다. 지아는 모범생 아니랄까 봐 내가 말한 모든 것을 토씨 하나 틀리지 않고 적었다. 꼬르륵. 지아가 배를 문질렀다. 나는 아차 했다.

"열 시가 넘었는데 너 밥 먹으라는 말도 안 했구나."

"나, 라면 먹을 건데 넌……."

"그래, 잘 챙겨 먹어야지. 난 괜찮아."

지지지직. 형광등이 또 깜박였다. 맞아! 정전!

나는 지아가 놀라지 않게 천천히 뒤를 따라갔다. 지아는 물을 끓이며 느릿느릿 라면 봉지를 뜯었다. 내가 말했다.

"부지런히 먹어. 곧 정전되니까."

"뭐? 정전이라고?"

지아가 이사 온 날 40분 동안 이 지역 전체가 정전이었다. 지아는 그날 무섭고 외로워서 죽을 것 같았다고 했다.

그 이야기를 들을 때마다 안타까웠다. 지아와 만나기 전인데도 옆에 없었던 게 미안할 정도였다. 이제라도 같이 있을 수 있어서 정말 다행이다.

지아가 라면을 다 먹고 설거지를 하자마자 전등불이 나갔다. 폭우는 쏟아지고 집 안은 깜깜했다. 오늘 이사 왔으니 촛불 따위 어디 있는지 알 수도 없었다.

"고마워."

지아가 옆에서 가만가만 속삭였다.

"네 덕분에 휴대폰 미리 충전해 둬서 다행이야."

지아 목소리가 가늘게 떨렸다. 나는 멋쩍었다.

"뭘 그런 거 가지고. 노래나 좀 틀어 줘."

"누구 노래 틀까? 아이디어 맨? 레드드래곤?"

"오, 둘 다 좋아. 역시."

지아가 노래를 흥얼거렸다. 안정을 찾은 것 같다. 나도 조금씩 안정을 찾았다.

잘되겠지. 지아는 늘 침착했고 어디로 튈지 모르는 나를 잘 건사했다. 고집 센 내가 다른 사람 말은 몰라도 지아의 말만은 잘 들었다. 이번에도 지아가 가자는 곳으로 잘 따라갈 것이다.

지아와 함께 노래를 듣고 있으니 이 시간으로 오길 잘했다는 생각이 다시 한번 들었다. 지금까지와 다르게 지아가 나를 알아볼 수 있는 것이 가장 큰 이유지만 그게 다가 아니다.

이 캄캄한 집에 여자 친구를 혼자 내버려 두지 않아도 되니까. 강하고 야무진 지아가 이사 온 날 이야기만 꺼내면 눈물을 글썽이곤 했나. 이세 지아에게 그런 기억은 없을 것이다. 혼자 남겨진 날이 아니라 나를 처음 만난 날이 될 테니까. 시간을 거슬러 온 만큼 지아를 향한 내 마음이 강하다고 생각할지도 모른다. 마음이 뭉클했다. 그 순간 지아가 분위기를 깼다.

"면접 볼 때 뭐 물어봤는지는 기억하지?"

내 여친이 좀 무미건조한 스타일이긴 하다. 하긴 이런 면이 나와 딴판이라 더 끌렸을지도 모른다. 나는 한숨을 쉬고 기억을 더듬었다.

"가우스 제1법칙 나왔다고 했어. 나 면접 볼 때는 전압과 전류에 대해 물었고. 둘 다 긴장해서 말했다고 했으니 기억해. 근데 어차피 우리 둘 다 합격해서……."

"최근 들은 이야기 중 가장 좋은 이야기다."

우리가 합격한 대학을 듣더니 지아는 더욱 기뻐했다. 나는 뭔가 더 도움이 될 이야기를 해 주고 싶어 조바심이 났다. 마음이 급해진다. 이런 기분이 드는 것은 그 시간이 다가오기 때문이다. 나의 죽음 말이다.

내 의식 불명 상태는 오래 이어지지 못했다. 나는 과거로 올 수 있지만 내가 의식 불명 상태였던 시간 동안만 머물 수 있다. 나는 마지막으로 못을 박았다.

"약속하지? 내 생일, 1월 8일에 방파제 길 안 가는 거?"

지아가 순순히 대답했다.

"응. 아예 이 근처 밖으로 벗어나지 않을게."

나는 진심을 다해 인사했다.

"고마워. 살려 줘서."

"근데 너 사고 났을 때 난……?"

나는 지아의 말을 잘랐다. 그러잖아도 힘든 여자 친구에게, 너는…… 바로 죽었다는 소식을 전할 수는 없었다.

모든 일은 나에게서 시작되었다. 패밀리 레스토랑에 가자고 한 것도, 방파제 길이 빠르니까 그리로 가자고 한 것도 나였다. 정말 미안해, 지아야.

아무것도 모르고 있는 지아를 보니 더 가슴이 아팠다. 나를 살리는 일이 너도 사는 일이 될 테니까 잘 해내야 돼.

전류가 나를 휘감는 것처럼 견디기 힘들었다. 올 것이 왔다. 이 기분은 몇 번을 겪어도 익숙해지지 않는다. 나는 힘을 짜내어 말했다.

"내 시간이 끝나 가고 있어. 조금만 더 기다리면 전기는 들어올 거야."

내 목소리가 물속에서 소리치는 것처럼 잘 퍼지지 않았다. 지아도 뭔가 이상하다고 느낀 듯하다. 어깨를 세우고 고쳐 앉는 자세가 긴장했다는 것을 말해 주었다. 나는 지아를 다독였다.

"사흘 있으면 부모님이 오실 거야. 난 돌아가야 돼. 나중에 만나."

다시 똑같은 사고가 일어나지 않기를. 아니, 같은 일이 반복된다고 해도, 이게 끝이라고 해도 후회하지 않을 것 같다. 지아가 가장 힘든 시간에 옆에 있어 주었으니까. 눈앞이 환하게 밝아졌다.

2. 유지아의 시간

믿을 수가 없다. 이렇게 환한 부엌에 이렇게 뽀얀 남자애가 유령처럼 서 있다니. 긴 속눈썹에 높은 콧대까지 선명하다. 뭔가 잘못된 게 틀림없다. 아까 내 방에 있을 때부터 심상치 않았다. 공기가 찌잉 울렸다고 해야 하나. 설명하기 어렵지만 감시당하는 느낌이었다. 신경이 곤두섰으니 그럴 수 있다고 넘겼다.

하루아침에 친구들과 헤어져 생판 모르는 지방에 오게 되었다. 수능이 얼마 남지 않은 시점도 그렇지만 야반도주나 다름없이 떠나온 것은 충격이었다.

아빠의 행방을 묻는 사람들이 골목길에 나타나고 엄마가 몰래 전화를 받는 일이 많아졌을 때 문제가 생겼다고 짐작은 했다. 하지만 모든 일이 너무 갑작스럽게 진행되었다.

이삿짐을 내려놓기 바쁘게 엄마 아빠는 가 봐야 할 데가 있다고 했다. 뒷정리를 부탁한다는 말과 함께 나는 엉망진창인 집에 혼자 남겨졌다. 불안한 마음이 든다고 해도 이상할 게 없다.

내 방만 겨우 정리하고 문제집을 폈을 무렵 귓속이 삑삑거리기 시작했다. 그러더니 남자 목소리가 나를 부엌으로 이끌었다.

내가 스트레스에 취약한 편일까. 당연히 내 상태를 의심했다. 그러나 목소리는 우리 집 지하실 비밀번호를 정확하게 맞혔다. 오늘 이사 와서 나도 몰랐던 비밀번호다. 나는 침착하려고 애쓰면서 이게 무슨 상황인지 생각해 보았다.

수맥이 흐르면 인간의 뇌파에 영향을 미치므로 환영이 보이거나 환청이 들릴 수 있다는 것은 증명된 사실이다. 이 집이 문제일까? 하지만 비밀번호를 알려 준다는 것은 말도 안 된다. 나는 떨리는 가슴을 누르고 갑자기 나타난 남자아이를 살펴보았다.

어깨가 넓고 웃는 입매가 예뻤다. 게다가 내 남친이란다. 심장이 멎는 것 같다. 반투명해서 부엌 싱크대가 비치는 모양이 영락없는 귀신이다. 귀신 남친이 생기다니. 자세히 보니 눈동자를 이리저리 굴리는 모습이 내 또래 같다. 희한하게도 볼수록 낯선 느낌이 들지 않았다. 뭐지? 무섭지만 무섭지 않다. 게다가 귀신은 나에게 무척 친절했다.

귀신의 존재를 믿는 건 아니다. 물론 양자 역학의 관점에서는 다른 세계의 존재가 있을 수 있다고 본다. 그러나 이렇게 나타나는 건 너무 뜬금없지 않은가.

"혹시?"

어젯밤 집을 떠나올 때 할머니에게서 전화가 왔다. 할머니는 이 시기만 잘 넘기면 된다고 나를 위로하며 사람에겐 누구나 수호신이 있다고 했다. 듣는 둥 마는 둥 넘겼는데 설마 진짜일까? 할머니 말대로 누구에게나 수호신이 있다면 지금이 꼭 필요할 때이긴 하다.

수호신이냐는 물음에 귀신이 반색했다. 볼수록 의심스럽다. 갑자기 고귀한 척하는 말투로 잘될 거라는데 전혀 믿음이 가지 않았다. 내년 1월 8일 방파제 길을 가지 말라는 말을 하러 힘들 게 왔다는 걸 봐도 수호신 같은 건 아니다. 하긴 수호신이 있다면 우리 집이 이 지경이 되기 전에 나타났어야 했다.

과학도 지망생으로 할머니의 수호신 운운에 잠시나마 마음이 흔들렸다는 게 한심했다. 내가 따지고 들자 귀신이 머뭇머뭇했다. 더 수상하다.

미덥지는 않지만 수시에 합격한다는 말은 진짜였으면 좋겠다. 지금은 귀신보다 더 무서운 게 재수생이 되는 거니까. 우리 집 사정에 재수는 불가능하다. 무슨 일이 있어도 올해 합격해야 한다. 할머니가 어떻게든 등록금은 마련해 주신다고 했다. 일단 합격이 관건이다.

지지지직. 귀신이 불을 껐다 켰다 하면서 나를 겁주었다. 자기가 그러는 게 아니라는데 사실일까. 어설퍼 보이는 꼴이 불을 조절할 능력도 없어 보이긴 했다. 귀신이 아니라는 주장도 쉴 새 없이 했다. 그럼 뭘까.

"난 사고를 당한 거야."

나는 귀신의 말을 찬찬히 듣고 깨달았다. 오 마이 갓! 귀신이 아니다! 시간 여행자다!

이럴 줄 알았다. 나는 언젠가 시간 여행이 가능하리라고 믿었다. 시간 여행자의 현재 시간에서 의식 불명이라고 하니까 더 믿음이 갔다. 속도와 질량에서 자유로우니 시간 이동이 가능한 것이다.

인별그램 사진도 확인했다. 실존 인물이 맞다. 그렇다면 왜 자기 자신에게 가지 않았는지 궁금했다. 나라면 나에게 와서 경고했을 것 같다. 그게 확실하니까.

"나한테 먼저 갔어."

나와 달리 자신을 금방 알아보았다는 말에 속으로 환호했다. 불확정성의 원리!

무엇인가를 보는 순간 상태가 결정된다는 말이다. 바꿔 말하면, 관측하지 못한다면 존재하지 않는다고 할 수 있다.

귀신을 보면 못 본 척하라는 말을 들은 적 있을 것이다. 보이지 않게 되면 사라진다는 것. 알아채지 못하면 존재하지 않는다는 것. 대충 들어도 불확정성의 원리와 통하는 것 같지 않나.

아직 과학적으로 설명하지 못하는 일이 많지만 앞으로 풀어 나갈 게 많은 점이 과학의 매력이다. 나는 불확정성의 원리에 관해 설명하고 싶어 입이 근질근질했다.

내가 끼어들 것을 예측이라도 한 듯 시간 여행자가 손을 들어 나를 제지했다. 그 행동을 보고 나는 확신했다. 시간 여행자는 내 남친이 맞을 것이다. 남친이 아니라면 적어도 나를 잘 알고 있는 애다. 내가 설명하고 싶어 엉덩이를 들썩거리는 걸 단박에 알아챈 것만 봐도 알 수 있었다. 나는 설명충이 되고 싶은 마음을 억누르고 시간 여행자의 말을 경청했다.

"도플갱어래."

나는 시간 여행자가 자신에게 갔던 일을 듣고 웃었다. 시간 여행자는 자신이 집이 떠나가게 소리를 지르며 방바닥을 기어 도망쳤던 이야기를 실감 나게 재연했다. 반투명한 그림자가 꾸물꾸물 바닥을 기어가는 꼴이 무서울 수도 있었지만 워낙 재미있게 이야기해서 그 모습마저 우스꽝스러웠다. 내 웃는 얼굴을 보더니 자기가 더 좋아했다. 진짜 남친이 맞을까? 나 같은 모태 솔로가 어쩌다 고3에 남친을 사귀게 되었을까. 아무튼 처음 사귄 남친이 착한 것 같아 다행이긴 했다.

어떤 남자인지 궁금해서 인별그램을 살펴보았다. 나와 성격이 딴판이다. 시간 여행자는 늘 방방 뜨는 스타일이었다. 그런 애가 도플갱어를 봤으니 요란했겠지. 도플갱어와 다른 모습이 되어야 할 것 같아 머리를 짧게 깎았다는 말에 헛웃음이 나왔다. 시간 여행자가 발끈했다.

"지금은 웃기지만 그땐 진짜 간절했다고!"

그런 시간 여행자가 귀여워서 자꾸 놀리고 싶었다.

"누가 간절했어? 머리 잘랐던 너? 방파제에 가지 말라는 너?"

"다 간절했지. 난 왜 여기저기 살려 달라고 하고 다니냐."

시간 여행자가 푸념을 늘어놓았지만 내 머릿속에는 도플갱어를 과학적으로 설명할 방법이 있다는 게 신기할 뿐이었다.

도플갱어를 보면 죽는다는 말은 흔한 괴담이다. 그렇게 흔하다는 건 시간 여행도 흔하다는 뜻 아닐까. 자신을 구하기 위해 시간 여행을 하는 일은 증명하기 어려울 뿐 생각보다 많이 일어나는지도 모른다. 나도 모르게 흥분해서 말이 많아진 것 같다.

"야!"

시간 여행자가 그게 중요한 게 아니라고 역정을 냈다. 잠시 잊고 있었다. 시간 여행자는 자신의 사고를 막으러 내게 온 것이라는 걸.

"알았어!"

나는 내년 1월 8일에 방파제 길을 걷지 않기로 약속했다. 그제야 시간 여행자가 조용해졌다. 순간 무척 중요한 사실을 깨달았다. 1월 8일이라면 수능을 본 다음이다. 시간 여행자는 수능 문제를 기억하고 있을 것이었다.

나는 수능 문제를 물었지만 큰 도움이 되지는 못했다. 몇 달이 지나서 잘 기억나지 않는다나. 이해가 안 가는 건 아니다. 시험이 끝나자마자 잊고 싶었을 테니까. 아무리 그렇다고 해도 건진 게 너무 없다. 시간 여행자는 잘 잊는 편인가 보다. 어려움 한번 없었던 애처럼 보이기도 했다. 그러니 저 지경이 되어도 나를 보면서 해맑게 웃고 있지.

할머니 말대로 수호신이었다면 줄줄 불러 줬을 텐데 아쉽다. 그렇다고 도움이 되지 않은 것은 아니다. 엄마가 교대를 강요할 때 뭐라고 받아쳐야 하는지 이야기해 주었을 땐 하이 파이브라도 하고 싶었다. 그리고 무엇보다 중요한 건 따로 있다.

시간 여행자는 내가 가장 힘든 시간을 택해 함께 있어 주러 왔다. 마음이 따뜻해진다. 부모님과 사흘 동안 연락이 두절된다지만 별일 없을 거라는 말도 고마웠다. 시간 여행자가 없었다면 얼마나 불안했을까. 아무도 모르는 곳에서 혼자 보내는 시간 동안 얼마나 많은 생각이 머리를 스치고 지나갔을까. 죽고 싶었을 것 같다.

꼬르륵. 배 속이 요동을 쳤다. 종일 한 끼도 제대로 먹지 못했다. 나는 라면을 끓이려고 부엌으로 갔다. 혼자 먹어야 하는 게 미안하지만 어쩔 수 없다.

시간 여행자가 따라와 곧 정전이라고 알려 주었다. 진짜 대박이다. 정전까지 되다니. 나는 서둘러 휴대폰을 충전했다. 깜깜한 집에서 40분 남짓 있으려면 휴대폰은 필수니까.

시간 여행자의 예언은 적중했다. 라면을 다 먹고 잠시 뒤 온 세상이 캄캄해졌다. 반신반의했지만 점점 더 시간 여행자를 신뢰하게 된다. 수시 합격도 기정사실이면 좋겠다.

"고마워."

내가 속삭이자 바로 옆에서 별일 아니라는 대답이 돌아왔다. 시간 여행자의 목소리 사이로 빗소리가 유난히 크게 들렸다.

"음악이나 틀어 줘."

시간 여행자가 노래를 듣고 싶다고 했다. 문득 떠오르는 두 그룹의 노래를 물으니 무척 좋아했다. 대답으로 짐작해 보면 시간 여행자가 원래 좋아하는 노래인가 보다.

휴대폰으로 노래를 검색하면서 고개를 갸웃했다. 나는 두 그룹 다 그리 좋아하지 않는다. 잘 듣지 않는 노래인데 왜 물어봤을까. 어쩌면 저 무의식에서 나는 시간 여행자를 기억하고 있는 것일까. 내 시간으로 시긴 여행자를 기억한다는 것은 불가능하다. 어떻게 된 것일까. 내가 모르는 일이 있는 것일까.

두 눈을 감고 귀 기울여 봐.

나를 느껴 봐. 언젠가는 내 마음이 닿을 테니까.

잘 듣지도 않는 노래인데 입에서 자연스럽게 가사가 나왔다.

많이 불렀다는 기분마저 든다. 데자뷔라는 기시감일까. 기시감은 별것 아닌 기억의 오류다.

뇌는 정보를 간략하게 만들어 머릿속에 저장한다. 그러다 보면 다른 정보인데도 같은 정보라고 착각할 수가 있다. 그래서 처음 가 보는 곳이나 처음 듣는 노래도 익숙하게 느낄 수 있는 것이다.

그러나 지금 이 순간 다른 가설이 떠올랐다. 기시감은 시간 여행의 증거일지도 모른다. 미처 깨닫지 못한 무의식에 시간 여행의 경험이 남아 있는 것이 아닐까. 어쩌면 나도 시간 여행에 휘말린 것일까. 지금이 내가 겪는 처음이 맞는 걸까. 의문이 꼬리에 꼬리를 물었다.

도플갱어의 괴담처럼 기시감을 경험한 사람들은 많다. 시간 여행은 일상에 스며들어 있을지도 모른다. 내가 물리학과에 입학하면 양자 역학을 더 많이 알아보고 싶다. 기시감과 도플갱어의 비밀을 시간 여행으로 풀 수 있을지 모르겠다. 더 생각하고 싶은데 시간 여행자의 말이 빨라졌다.

전압과 전류. 가우스 제1법칙. 나는 시간 여행자가 불러 주는 대로 휴대폰에 입력했다. 합격했다고 해도 알고 있으면 나쁘지 않을 테니까. 내가 미덥지 못한 것일까. 시간 여행자는 내년 자기 생일에 방파제에 가지 말라는 당부를 또 했다.

나는 최선을 다해 그러겠다고 했다. 캄캄해서 시간 여행자의 표정은 관찰할 수 없었지만 내 말에 안심한 듯했다.

더 묻고 싶은 이야기가 많은데 분위기가 바뀌었다. 나와 시간 여행자 사이에 다른 공간이 생겨나는 듯하다. 주변의 공기도 다른 느낌이 든다. 공기가 변해 가고, 잘 굴러가던 세상이 엉뚱한 곳을 헤매는 느낌이 든다. 시간 여행자의 목소리도 지금까지 들었던 것과 다르다. 점차 멀어지고 울리는 소리를 냈다.

"사~암 이~일 있~으~면~ 부~모~님~이 ~오~실~ 거~야."

입에 물을 가득 머금고 말하는 것 같은 소리다.

"나~중~에~ 만~나~."

깜깜했지만 알 수 있었다. 시간 여행자가 돌아가고 혼자 남았다는 것을. 시간 여행자의 의식 불명이 끝난 것이다.

나는 휴대폰에서 흘러나오는 노래를 껐다. 조용한 집 안에 홈통을 흐르는 빗물 소리만 콸콸 차고 넘쳤다.

나는 고민에 빠졌나. 내가 내년 1월 8일에 집에 있다면 사고를 막을 수 있을까. 양자 역학에 따르면 과거를 바꾸는 것은 불가능하다. 결국 사고는 일어난다는 것일까. 시간 여행자의 사고를 막을 방법은 없을까.

아니다. 반대로 생각해 보자. 지금 내 시간으로 사고는 미래다. 양자 역학에서는 미래가 얼마든지 바뀔 수 있다고 했다. 말장난 같아도 사실이다.

물리학자 리처드 파인먼은 말했다. 양자 역학을 완벽하게 이해할 수 있는 사람은 없다고. 당연히 여러 해석이 가능하고, 나는 사고를 막을 수 있을 것이다. 나는 이 실험의 성공한 실험자가 될 것이다.

시간을 거슬러 나를 만나러 온 남자 친구가 있는 걸 보면 전학 온 학교에 잘 적응한 듯하다. 다 잘될 거라고 했으니까 걱정은 접고 열심히 할 일만 남았다. 단지 딱 하나, 시간 여행자 말 중에 걸리는 게 있다.

"우리 둘이 거기 가겠다고 방파제 길을 걷다가 파도에 휩쓸렸어."

시간 여행자는 분명히 말했다. 우리 둘이라고. 게다가 내가 어떻게 되었는지 물었을 땐 말을 돌렸다. 왜 그랬을까. 내가 그를 구하지 못한 상황을 원망하는 것 같지는 않았다. 오히려 나를 걱정하고 애틋해하는 느낌을 받았다. 거기서 나는 어떻게 된 걸까. 왜 나를 그토록 아프게 바라보았을까. 혹시?

그때 나는 죽었을 것이다. 그래서 미래의 나는 나를 찾아오지 못했고 나는 도플갱어를 볼 수 없었다. 시간 여행자의 시간에서 의식 불명에 빠진 시간 여행자도 죽었다. 우리는 함께 존재했고 함께 존재하지 않았다. 나는 이 실험의 실험자이자 피실험자다. 반드시 성공해야 할 실험이다.

나는 어둠 속을 응시하며 나지막이 말했다.

"시간 여행자. 해준이라고 했지? 걱정하지 마. 우리는 함께 있도록 정해진 것 같으니까 함께 살아남을 수 있을 거야."

파팟. 한순간 눈앞이 환해졌다. 정전이 끝났다.

＊

반
딧
불
이

대안 학교는 예상보다 훨씬 더 시골스러운 곳에 있었다. 반디는 얼굴을 찡그렸다. 달팽이라고 부른 그 멍청이 때문에 이런 곳까지 오게 된 사실이 새삼 분했다. 반디는 엄마가 일부러 서울에서 멀리 떨어진 기숙 학교를 골랐다는 것을 알고 있었다. 표면적으로는 외국어 교육에 특화한 좋은 학교라는 이유를 들었다. 하지만 또 학교 폭력에 휘말리면 더는 도와줄 수 없다고 잘라 말했다.

"가서 얌전하게 굴어. 앞으로는 집에 피해 주지 마."

반디는 자존심이 상했다.

학교 뒤뜰 커다란 나무 밑에 달팽이들이 모여 있었다.

"아, 진짜!"

반디는 달팽이를 마구 짓밟았다. 달팽이는 반디의 구두 밑창에 닿자마자 껍질을 부서뜨리며 물컹한 속살을 터뜨렸다. 반디의 새 구두에 달팽이 진액이 얼룩을 만들었다. 반디의 눈빛이 독을 품었다.

"달팽이가 끝까지 지랄이야. 아예 밟아 버려서 소리도 못 내게 했어야……."

반디는 달팽이 그 애가 등을 구부리고 뛰어내리던 날을 떠올렸다. 그 애는 뛰어내리기 직전 반디에게 소리쳤다.

이제부터 달팽이는 너야!

무서운 것 없던 반디도 그때는 몸을 움츠렸다. 어둡고 악의에 찬 목소리와 차가운 눈빛이 평소 느리고 답답한 달팽이가 아니었다. 결국 그 애는 반디를 학교에서 밀어냈다.

형체 없이 뭉그러진 달팽이를 앞에 두고 반디는 이끼에 구두를 문질러 닦았다. 닦을수록 점액질이 끈끈하게 들러붙었다. 반디는 구두가 더러워진 것보다 달팽이 그 애 때문에 학교에서 쫓겨난 게 더 화가 났다.

"죽을 것도 아니면서 쇼하고 난리……."

그때였다. 나뭇잎 사이로 반딧불 한 무리가 모습을 나타냈다. 반딧불은 달빛을 머금은 듯 푸르스름한 빛을 일렁였다. 반디는 반딧불들을 바라보았다. 싸늘한 빛이 점점이 흩어졌다 뒤엉켰다 하며 새카만 어둠을 밝히고 있었다. 뿌연 형광 빛에서 안개처럼 소리가 밀려왔다. 이제부터 달팽이는 너야. 반디는 낮고 쉰 목소리에 소름이 끼쳤다.

"어머, 안녕."

언제 왔는지 단발머리 여자아이가 반디 앞에 서 있었다. 반디는 여자아이를 찬찬히 뜯어보았다. 동그란 눈동자가 무척 순해 보이는 애였다.

"난 은지야. 너 전학생이지?"

"응."

반딧불이 셀 수 없이 빛을 내뿜으며 모여들었다. 하늘 가득 별 가루가 떨어지는 듯 아름다웠다. 반디는 넋을 잃고 반딧불을 바라보았다. 싸늘한 불빛을 뚫고 은지의 목소리가 들렸다.

"반딧불 다 큰 성충은 입이 퇴화해서 이슬만 먹는대. 진짜 이슬만 먹게 생겼잖아? 유충일 땐 달팽이나 다슬기 같은 걸 엄청 잔인하게 잡아먹으면서 말이야."

반디는 은지의 말이 꼭 자신을 비난하는 것처럼 들려서 눈을 돌려 은지를 보았다. 은지는 반디 발밑을 보고 있었다. 짓이겨진 달팽이를 알아본 것일까. 반디와 은지 사이를 떠돌던 반딧불들이 일제히 날아올라 까만 어둠 속으로 흩어졌다. 반디는 다시 한

번 반딧불을 바라보며 감탄했다.

"거기, 전학생! 왜 혼자 거기 서 있니!"

사감 선생님이 반디를 찾아왔다. 사감 선생님 눈에 띄기 싫었
는지 은지는 그림자에 몸을 숨긴 채 손가락을 세워 입술에 붙였
다. 멀뚱멀뚱 서 있는 반디에게 사감 선생님이 목소리를 높였다.

"이리 따라와라."

"네, 선생님."

반디는 모범생처럼 다소곳하게 대답하며 사감 선생님을 따랐
다. 반디가 지나간 자리에 죽은 달팽이들이 흙과 섞여 널브러져
있었다. 선생님은 반디를 생활관으로 안내하며 말했다.

"우리 학교는 대안 학교 중에서도 특히 우수한 재원을 양성하
는 학교다. 열심히 해야 할 거야."

"네."

반디는 입꼬리를 올려 보조개를 만들었다. 전학 오기 전 학교
에서 종종 쓰던 방법이었다. 반디는 자신의 미소가 보는 사람에
게 호감을 불러일으키는 힘이 있다는 것을 알고 있었다. 사감 선
생님도 다르지 않았다. 선생님의 딱딱한 말투가 미묘하게 부드
러워졌다.

"생활관은 2인 1실 원칙이지만 넌 전학생이고 기숙사 생활이
처음이니 일단 혼자 지내라. 옆방 소연이가 룸메이트를 기다렸

는데, 익숙해질때까지 시간이 필요할 거란다."

"네……."

아쉬운 듯 대답했지만 잘된 일이다. 엄마가 교장 선생님과 이야기를 잘 끝냈으니 아무도 반디의 과거를 알지 못했다. 낯선 곳에서 예민하게 굴다 폭력적인 버릇이 나온다면 곤란했다. 혼자 적응할 시간이 있어 다행이었다.

반디의 방은 3층 구석이었다. 빈방 창틀에 덩그러니 놓인 화분이 눈에 띄었다. 짙은 초록빛 잎사귀는 빨려 들어갈 것 같은 어둠을 향해 손짓했다. 똑똑. 노크 소리가 들렸다.

"누구세요?"

반디가 문을 열었다. 열린 문틈으로 단발머리 여자아이가 얼굴을 빼꼼 내밀었다. 아까 본 은지였다.

반디는 피곤했지만 발톱을 숨기고 들어오라고 말했다. 전학 온 첫날이고, 조금 전에 도착해 반 아이들 얼굴을 보지 못한 만큼 탐색할 필요가 있었다.

"안녕. 나 옆방이야."

은지 뒤로 키가 작고 가무잡잡한 여자아이가 따라 들어왔다. 작은 아이는 소연이라고 했다. 사감 선생님이 룸메이트를 기다린다고 했던 아이였다. 은지가 있으면서 뭘 또 기다린다는 건지 알 수 없었다.

물어볼 새도 없이 소연이는 이야기를 쏟아 냈다. 간만의 전학생이라며 무척 반기는 분위기였다. 소연이가 물었다.

"너는 왜 여기 왔어? 유학 예정이야? 아님……."

반디가 고개를 저었다. 구불구불한 갈색 머리카락이 반디의 어깨 위에서 부드럽게 흔들렸다. 반디는 미리 생각해 온 역할을 연기했다.

"아직 못 정했어. 내가 좀 아파서……."

몸이 약해 시골 학교로 전학 온 아이 역할은 여리여리한 반디와 잘 맞아떨어졌다. 소연이 바로 걱정스러운 눈빛을 보내왔다.

"되게 날씬하고 예뻐서 무용하는 앤가 했는데 아팠구나."

반디가 예의 그 미소를 지었다.

"학교 예쁜 것 같아. 아까 보니까 반딧불도 있더라."

"반딧불?"

소연은 어리둥절한 표정으로 반디를 바라보았다. 소연의 어리숙한 표정이 달팽이 그 애를 떠올리게 했다. 반디는 치밀어 오르는 짜증을 꾹 참고 대답했다.

"응, 아까 여기 도착했을 때 뒤뜰에서 봤어."

소연이 고개를 갸우뚱했다.

"나 초등학교 때부터 이 학교 다녔는데 반딧불은 한 번도 못 봤어. 잘못 본 거 아니야?"

'어디서 잘못 봤대. 난쟁이 같은 게.'

반디는 아직은 화를 내기에 이르다고 생각해서 참았다. 옆에서 은지는 아무 말 없이 입가를 일그러뜨리며 웃었다. 은지가 자신을 비웃는 것 같아 반디는 입술을 꼭 깨물었다. 소연은 반디의 속도 모르고 해맑게 웃으며 말을 이었다.

"토끼장 토끼 봤어? 내일 내가 학교 구경시켜 줄게. 그리고 저 화분 내가 가져다 놓은 거야. 예쁘지?"

반디는 화분 따위 아무래도 상관이 없었다. 다른 애들 이야기를 듣고 싶어서 두 사람을 상대할 뿐이었다.

"뒷마당에 같은 나무가 있는데……."

소연이 아무리 열을 올려도 반디 귀에는 잘 들어오지 않았다.

'더럽게 길게 얘기하네. 내가 이런 얘기나 들어 줄 사람이 아니라고.'

반디는 부글부글 끓는 속을 가라앉히려 애썼다. 은지가 흘깃 반디의 표정을 보더니 스르륵 일어나 나가 버렸다. 반면 소연은 은지가 나가는 것을 신경 쓰지 않았고, 갈 생각도 없어 보였다. 반디는 하는 수 없이 관심 없는 학교 토끼들과 나무 이야기를 한참 들어 주어야 했다.

"어!"

끊임없이 이야기하던 소연이 그제야 반디의 열린 방문을 발견한 모양이었다.

"내가 문을 안 닫고 들어왔나. 암튼 늦었네. 너 짐 정리도 해야 할 텐데. 내일 만나."

반디가 옳다구나 하며 인사했다.

"그래, 잘 자."

소연이가 나간 후 반디는 이리저리 눈을 굴리며 생각했다. 은지와 소연은 순진해 보였다. 다른 애들도 다 저 정도라면 마음대로 하며 지낼 수 있을 것이었다. 안도의 웃음이 나왔다. 순간 화분이 놓인 창문에 비친 반디의 얼굴이 일그러져 보였다. 창문 밖으로 푸른빛이 비쳤다.

'내가 잘못 봤나?'

반디가 창문 가까이 다가섰다. 반딧불이었다. 푸른 반딧불은 반디의 얼굴 위에 그림자를 만들었다. 이제부터 달팽이는 너야. 그 애의 목소리가 자꾸 떠올랐다.

"저리 가! 재수 없어!"

반디가 창문을 열고 반딧불을 쫓았다. 반딧불은 순식간에 새카만 어둠 속으로 빨려 들어갔다. 미처 피하지 못한 반딧불 한 마리가 반디의 손에 납작하게 눌려 터졌다. 죽은 반딧불이 반디의 손을 형광빛으로 푸르스름하게 물들였다. 반디가 잠든 후에도 푸른 형광빛은 반디의 손에 남아 있었다.

"안녕."

이튿날 반디가 교실에 들어서자 소연이 반갑게 인사했다. 은지는 맨 뒷자리에서 손을 흔들었다. 다른 아이들도 반디에게 관심의 눈길을 보였다. 반디는 의식하지 않는 척하며 반 아이들을 한 명 한 명 관찰했다. 전부 모범생처럼 보이는 아이들뿐이었다. 반디는 지루한 생활이 계속될 생각을 하자 기분이 나빠졌다.

반디 앞자리에 앉은 아이가 돌아보았다.

"머리 되게 예쁘다. 어떻게 한 거야?"

'보는 눈은 있어서. 넌 머리만 문제가 아닌데.'

반디는 속마음을 감추고 상냥하게 말했다. 첫날이니 환심을 사는 게 좋다는 계산이었다.

"고데기로 한 거야. 가까이 와 봐. 내가 해 줄게."

"정말? 고마워."

반디는 능숙한 손놀림으로 충전용 고데기를 사용해 앞자리에 앉은 아이의 머리에 컬을 만들었다. 모두 한목소리로 감탄했다.

"우아!"

열다섯 살 아이들의 관심은 대개 비슷했다. 반디는 고데기 사용법을 알려 주고 틴트를 빌려주며 순식간에 환심을 샀다. 반디처럼 예쁜 아이가 "이렇게 입술 가운데에 톡톡 찍는 거야." 하며 시범을 보이면 아이들은 전부 동경의 눈길로 쳐다보았다. 특히 소연은 반디를 졸졸 따라다니며 반디의 스타일에 열광했다.

"반디야, 너 교복 상의 어디 거야? 나도 다음 학기 때 거기서 사려고."

"반디야, 지난주 네가 말한 로션 이름이 뭐였지?"

"반디야, 나도 너처럼 머리를 한쪽으로 땋아 볼까?"

반디는 귀찮았지만 일일이 답하면서 분위기를 살폈다. 이대로라면 슬슬 소연을 시녀라고 하거나 아니꼽다고 생각하는 애가 나올 때가 되었다. 반디는 소연을 감싸는 척하며 그 애를 밟아 줄 참이었다.

여왕은 혼자 될 수 없었다. 밟고 일어설 희생양이 필요하게 마련이다. 반디는 곧 아이들 사이에 균열이 일어날 거라고, 그 틈을 놓치지 않으면 된다고 생각했다. 작은 소리로 불평하는 한마디도 놓치지 않았다.

"납납한 닌들."

반디의 예상은 빗나갔다. 아무도 소연의 행동을 눈꼴시다고 생각하지 않았다. 오히려 소연이 물어보면 함께 귀를 쫑긋 세웠다. 반디는 답답했다. 착한 척하는 것도 한계가 있다. 짜증을 억누르고 있는데 반 아이들은 날이 갈수록 아슬아슬 경계를 넘나들었다. 반디는 순하고 착한, 다른 애들처럼 될 생각이 전혀 없었다.

'난 특별한 대접 아니면 안 돼. 늘 여왕이었어.'

기회는 뜻밖에 찾아왔다. 체육부장이 피구 연습을 재촉할 때였다.

"다음 주 시합이야. 빨리 체육복 갈아입고 집합해."

휴대폰을 보고 있던 반디가 고개를 들었다. 자신에게 명령하는 투로 말하는 것이 거슬렸다. 아이들은 투덜대면서도 하나같이 체육복을 꺼내거나 갈아입을 준비를 했다.

'이것들은 다 바보인가.'

반디는 주위를 불만스러운 눈으로 훑어본 다음 다시 휴대폰으로 눈을 돌렸다.

"반디야, 체육복 입어, 나가야 해."

체육부장이 반디의 어깨를 살짝 건드렸다. 반디는 그 타이밍을 놓치지 않았다. 탁! 반디의 휴대폰이 바닥에 떨어졌다. 반디가 체육부장을 올려다보았다.

"체육복 늦게 입는 게 이렇게까지 할 일이야? 나 못 들었을 뿐인데?"

아이들의 시선이 반디에게 집중되자 반디는 눈물까지 쥐어짰다.

"나, 난 그냥……."

체육부장은 당황하여 말을 잘 잇지 못했다. 소연이가 반디의 휴대폰을 주워 주며 어깨를 토닥였다. 반디는 보란 듯이 더 훌쩍였다. 반장이 체육부장을 보며 입술을 삐죽거렸다.

"너무해. 지난번엔 내가 공 잘 못 던진다고 연습시키더니."

다른 아이도 소연을 거들었다.

"맞아, 그냥 재미로 하는 시합이잖아. 너무 그러지 마."

반디는 눈물을 훔치는 척하며 아이들이 하나둘 동요하는 모습을 지켜보았다. 체육부장은 아이들의 질책하는 눈빛에 어이가 없다는 얼굴을 했다.

'이제 시작이야.'

반디는 조심스럽게 공격을 시작했다.

"나도 피구 잘하고 싶어. 내가 아파서 피해 줄까 봐 피구 잘하는 법 검색하느라 네 말 못 들은 거야."

그 말에 소연이 큰 소리로 반디를 감쌌다.

"야, 사소한 시합에 목숨 걸고 그리지 마."

"그래, 너무해. 반디는 아픈데."

다른 아이들이 동조했다. 체육부장은 한순간에 무식하게 시합을 몰아붙이는 캐릭터가 되어 버렸다.

'이 정도로는 약해. 은근히 서로 끈끈하단 말이야.'

결정적인 사건을 만들어야 했다.

반디는 피구 연습을 할 때 슬며시 체육부장 옆으로 가 섰다.

체육부장은 팔을 크게 휘두르며 공을 내리꽂는 스타일이었기 때문이다. 적절한 위치에서 눈치를 보며 체육부장이 과격해지는 틈을 타 옆으로 몸을 날렸다. 하나, 둘, 셋. 지금이야. 가녀린 반디는 체육부장의 스파이크에 바로 나가떨어졌다.

"어! 거기! 괜찮니?"

체육 선생님이 반디에게 달려왔다.

"어머, 반디 코피 나요."

놀란 소연이 호들갑을 떨었다. 은지는 멀리 떨어져 반디를 바라보았다. 반면 체육부장은 시합의 흥분이 아직 가라앉지 않은 듯했다.

"왜 그렇게 가까이 붙어 있어. 떨어지라고 했는데."

반디는 체육부장이 사과할 틈을 주지 않았다.

"나도 공 잡으려고……."

다른 아이가 반디 편을 들었다.

"체육, 시합할 때마다 네가 너무 과격하긴 해."

반디가 조용히 덧붙였다.

"미안해. 너 못하는 애 옆에 있는 거 싫어하는 거 알지만 돕고 싶었어."

소연이 체육부장을 흘겨보았다.

"체육 못하는 게 무슨 죄라고 그런 짓을 하니."

"조용! 경기하다 다칠 수도 있지 뭘 그래."

선생님이 상황을 중재했다. 반디가 미간을 찡그렸다. 잘 몰아가는 분위기를 선생님이 방해하는 것이 마음에 들지 않았다. 반디의 찌푸린 얼굴을 선생님은 오해했다.

"반디 많이 아프구나. 어디 부러진 것 같진 않은데. 그만 들어가 쉴래?"

반디가 고개를 끄덕였다. 소연이 나섰다.

"선생님, 제가 반디 교실에 데려다줄게요."

은지도 소리 없이 다가와 반디 옆에 섰다. 반디는 소연의 부축을 받으며 교실로 발걸음을 옮겼다. 아이들이 자신을 걱정하는 눈빛과 체육부장을 비난하는 눈빛이 등 뒤로 느껴졌다. 반디 계획대로 되어 가고 있었다.

그 뒤로 반디는 체육부장을 아이들 사이에서 교묘하게 배제했다. 미용실에 갈 때노, 엉화를 보러 길 때도 체육부장은 함께 갈 수 없었다.

'나름 이 방법도 재밌네. 머리 쓰는 게임 같아.'

달팽이 사건으로 전학 온 만큼 대놓고 괴롭히는 것은 곤란했다. 서울에서 학교 다닐 땐 모든 아이들이 반디의 말에 복종했다. 반디는 아무도 자신을 두려워하지 않는 생활이 불편했다. 그 와중에 체육부장을 향한 은근한 조롱과 멸시는 반디에게 새로운 즐거움이 되었다.

'다시 여왕 자리를 찾을 거야.'

단 하나 걸리는 점이라면 요즘 은지가 부쩍 체육부장 옆에서 알짱거리는 것이었다. 반디에게 무시당할 때마다 은지는 체육부장 옆에 있었다. 대놓고 편드는 건 아니었다. 그러나 걱정스러운 눈으로 체육부장 옆에 있는 꼴이 거슬렸다. 반디는 더욱 보란 듯이 체육부장을 무시했다.

"체육부장, 또 연습해?"

"체육부장 때문에 환경미화 할 시간이 없어졌잖아."

아이들은 반디에게 조종당하는 것도 모르고 걸핏하면 화살을 체육부장에게로 돌렸다.

며칠 뒤 청소 시간이었다. 반디는 자기가 맡은 청소 구역을 소연과 체육부장에게 떠맡기고 학교를 어슬렁거리다 자리로 돌아왔다.

"이게 뭐야!"

반디의 빨간 새 공책 위에 커다란 달팽이가 있었다. 달팽이는 기어가면서 진득한 진액으로 긴 줄을 그렸다. 빨간 공책의 얼룩은 마치 피처럼 보였다.

"아, 짜증 나."

반디가 달팽이를 들어 올려 책상 위에 놓았다. 바닥에 팽개쳐 밟고 싶었지만 보는 눈이 많았다. 소연이 다가와 달팽이를 들여다 보며 웃었다.

"귀여워. 더듬이가 꼭 분홍색 뿔 같다."

체육부장이 눈치를 보며 반디에게 다가섰다.

"내가 화단에 놓아주고 올까?"

"네가? 네 큰 손으로 만졌다가 달팽이 껍데기 깨질 것 같은데."

반디의 대답에 몇몇 아이가 웃었다. 체육부장이 주눅 든 얼굴을 했다. 소연이 달팽이를 화분 받침 위에 올렸다.

"내가 놓아주고 올게."

반디는 공책을 더럽힌 달팽이를 죽이고 싶었지만 참을 수밖에 없었다.

"그래, 고마워."

난 알고 있어

너의 그 비밀들을

넌 네 마음 감추며 웃고 있지만

난 알고 있어

처음부터 알고 있었어

진정하고 앉아 있는데 등 뒤로 누가 흥얼거리는 소리가 들렸다. 달팽이, 그 애가 좋아하는 노래였다. 잘못 들었나? 달팽이와 닮은 목소리가 맴돌았다.

"무슨 소리야?"

반디가 휙 뒤돌아보았다. 노랫소리가 뚝 끊겼다.

'뭐야? 분명히 들었어.'

신경을 곤두세우고 귀를 기울였지만 노래는 들리지 않았다. 공책 위에 있던 달팽이. 아까 들은 그 노래. 뭔가 꺼림칙했다.

반디는 저녁 식사 시간 전까지 마음을 가라앉히려고 학교 뒤뜰을 산책했다. 아무도 보지 않는 틈을 타 달팽이들을 밟아 뭉그러뜨리고 싶었다. 자신으로 인해 뭐가 파괴되는 것을 보면 반디는 강해지는 느낌이 들었다.

"필요할 땐 꼭 없지."

달팽이를 찾는 반디의 눈에 토끼장이 들어왔다.

"저것도 나쁘지 않아."

반디는 토끼장으로 다가갔다. 학교에서 귀여움을 독차지하는 토끼들이었다. 반디가 다가가자 토끼들은 아무런 경계 없이 다가와 눈망울을 빛냈다. 아이들이 올 때마다 주는 당근이나 토끼풀을 기대하는 모양이었다.

"뭘 믿고 오는 거야? 편하게도 살았네."

반디는 발밑의 돌을 들어 가장 가까이 다가온 토끼의 머리를 내리쳤다. 퍽. 토끼가 눈을 뒤집고 까무러쳤다. 곁에 있던 토끼들이 우르르 흩어졌다.

"꼴좋다. 그래서 아무나 믿는 게 아니란다."

화풀이하고 나니 기분이 나아졌다. 반디는 의기양양한 눈으로 토끼를 내려다보았다. 다리가 뒤틀린 토끼의 눈에서 생명력이 스러져 갔다. 저녁 어스름이 밀려들고 있었다. 그림자가 학교 뒤뜰을 기우뚱 기울어지게 했다.

달팽이는 너야. 달팽이는 너야.

차가운 바람에 그 애의 목소리가 스며들어 있는 느낌이었다. 다시 기분이 상한 반디는 생활관 뒤 식당으로 향했다.

쉬리릭. 갑자기 뒷머리가 싸늘해지며 머리카락이 쭈뼛 일어섰다.

"무슨 일이지?"

반디가 주춤주춤 뒤를 돌아보았다. 반딧불이었다. 푸르스름한 달빛 같은 반딧불 한 무리가 빙글빙글 돌며 어두운 공기 위를 미끄러지듯 헤엄치고 있었다. 차갑고 희미한 형광빛이 반디를 뒷걸음치게 했다.

"여기서 뭐 해?"

"반디야, 밥 안 먹어?"

방과 후 수업을 듣고 생활관으로 걸어오는 아이들이 반디를 불렀다.

"이것 봐. 여기 반딧불이 있잖아?"

반디는 반딧불이 있는 곳을 손으로 가리켰다. 이럴 수가. 푸르스름한 형광빛은 어디에도 없었다. 반디는 뭐가 뭔지 알 수 없었다. 뭐에 홀린 기분이었다.

"반디야, 가자."

헉! 반디는 가까이 다가온 아이들을 보고 소스라치게 놀랐다. 아이들은 저마다 우산 모양의 사탕을 입에 물고 있었다. 반디가 달팽이 그 애 앞에 던져 주며 먹으라고 강요한 사탕과 같았다. 그 애는 뛰어내리기 며칠 전부터 사탕만 보면 몸서리를 쳤다.

'누가 내 과거를 알고 있는 거야!'

"그 사탕은 누가 줬어?"

반디의 목소리가 떨렸다.

아이들이 서로의 얼굴을 보았다.

"몰라. 방과 후 수업 끝나고 오니까 책상 위에 있더라."

"반디 네 책상 위에도 있을걸. 선생님이 주신 건가?"

소연이 불쑥 사탕을 내밀었다.

"이쪽엔 입 안 댔는데 먹어 볼래?"

"뭐? 먹던 걸 먹으라고?"

반디의 눈에 불꽃이 튀었다. 소연은 눈치 없이 상냥하게 웃으며 반디에게 한 걸음 더 다가왔다.

"맛있어, 먹어 봐."

반디는 눈이 돌아갈 것 같았다. 전학 오기 전 교실이 생생하게 떠올랐다. 발밑에 엎드려 있던 달팽이. 반디는 먹던 사탕을 바닥으로 던지고 말했다. 맛있어, 먹어 봐.

반디가 소연을 노려보았다.

'난쟁이 같은 게 알고 하는 소리야, 모르고 하는 소리야.'

소연의 티 없이 맑은 눈빛을 더는 참을 수 없었다. 있는 힘껏 소연의 팔을 밀었다. 사탕은 반디의 발 앞에 떨어져 뒹굴었다. 소연이 깜짝 놀란 눈으로 반디를 바라보았다. 반디가 소리쳤다.

"맛있으면 너나 주워 먹어!"

"뭐라고? 반디 너 왜 그래."

소연이 울먹였다. 아이들이 소연을 달래며 반디의 눈치를 보았다. 반디는 자신이 화내는 모습을 보고 아이들이 놀라는 것도 짜증이 났다.

'뭘 놀라는 거야. 여왕은 무서운 게 당연하다고.'

은지가 다가와 반디를 달랬다.

"반디야, 소연이는 그냥 맛있다고 너 먹어 보라고 그런 거야. 기분 나빠 하지 마."

소연의 입장을 대신하듯 은지가 계속 말을 이었다.

"애가 좀 눈치는 없지만 착하잖아. 너 되게 좋아해."

은지의 말이 반디를 더 짜증스럽게 했다.

'멍청한 것들끼리 서로 돌봐 주고 있네. 넌 눈치 있어서 난쟁이 편들고 앉았니.'

반디 뒤에서 아이들이 소연을 다독여 주는 소리가 이어졌다.

"울지 마, 소연아."

"반디가 일부러 사탕 떨어뜨린 거 아니야."

반디는 갈등했다. 여기서 닥치라고 소리 지르면 아이들은 어떻게 나올까. 아직 반디가 어떤 사람인지 모르니 바로 반격할 수도 있다. 물론 그 정도는 발길질 한 방이면 끝날 것이다. 하지만 일이 커지면 곤란했다. 그렇다고 바로 소연을 용서해 줄 기분은 아니었다.

"반디야, 거기 혼자 서 있지 말고 같이 밥 먹으러 가자."

누가 반디를 불렀다. 은지는 어디로 가 버리고 없었다.

"나 밥 안 먹어. 그냥 방에 가서 쉴래."

반디는 앞장서 빠른 걸음으로 방으로 올라가 버렸다.

"이게 이렇게 컸나?"

반디는 방문을 열자마자 창틀에 놓인 화분을 보았다. 도톰한

초록색 잎과 가지가 요 며칠 사이 눈에 띄게 자랐다. 화분에서도 희뿌연 푸른빛이 깜박였다. 마치 반디를 부르는 것 같았다. 반디는 화분을 들여다보았다.

"앗, 이게 뭐야!"

다리가 비쭉 튀어나온 지네처럼 생긴 벌레들이 달팽이를 파먹고 있었다. 탐욕스럽게 달팽이 껍질에 입을 파묻은 벌레의 꽁무니에서 희미한 불빛이 슬쩍슬쩍 비쳤다. 반디는 그 모습이 새삼 잔인하고 징그러워서 뒷걸음쳤다.

벌컥. 방문이 열렸다.

"누구야!"

반디가 비명을 질렀다.

"노크했는데. 놀랐어?"

소연이 있었다. 반디는 숨을 가다듬었다. 소연이 반디의 손을 삽고 나직하게 말했다.

"아까 미안했어. 이리 와 봐."

"아니야, 근데……."

반디는 벌레가 신경이 쓰여 소연의 손에 이끌려 가면서 뒤돌아보았다. 벌레와 달팽이는 사라지고 없었다. 반디는 영문을 알 수 없었다.

"잠깐만."

소연의 손을 놓고 다시 화분 앞으로 갔다. 달팽이 속살을 파먹고 숨었다고 해도 달팽이 껍질 흔적이라도 있어야 했다. 누구에게 놀림받는 기분이 들었다.

"왜 그래?"

소연이가 반디에게 물었다.

"화분에서 벌레가……."

반디는 말을 흐렸다. 소연은 이파리를 이리저리 뜯어보다 소매를 걷고 화분을 들어 올렸다.

"없는데? 우선 복도에 내놓자. 내가 다른 화분들이랑 같이 살펴볼게."

소연은 복도 창틀에 화분을 올려놓고 반디를 반장의 방으로 이끌었다. 반장의 방 침대에는 은지도 앉아 있었다.

"짜잔."

반장이 책상 위 떡볶이와 튀김을 가리켰다.

"대박. 어디서 났어?"

생활관에 음식물 반입은 금지되어 있었다. 학교 밖으로 외출도 할 수 없는 상황에 떡볶이와 튀김이라니. 매콤한 냄새가 침샘을 자극했다. 반장이 나무젓가락을 나눠 주었다. 은지는 속이 안 좋다며 침대에 앉아 있기만 했다. 아무도 은지에게 떡볶이를 권하지 않았다. 반디는 내심 기분이 좋았다. 반장이 말했다.

"반디 너 저녁 안 먹었다고 소연이가 공수해 왔어."

"어떻게 밖에 나갔어?"

반디가 묻자 반장과 소연이 동시에 말했다.

"담 넘었지!"

반디는 날카롭던 신경이 차차 풀려 가는 것을 느꼈다.

'내가 착각한 거야. 시골구석으로 전학 와서 피곤해서 그런 거야.'

자신을 다독이며 반디가 젓가락을 들었다. 반장이 잠시 나가더니 콜라를 들고 왔다.

"체육이 줬어. 탄산 금지는 너무하지 않냐?"

반디가 물었다.

"체육부장이랑 같이 나갔어?"

"응. 너랑 같이 먹으라고 줬어. 오라고 할까?"

반장의 말이 끝나자마자 소연이 일어섰다. 반디가 차갑게 대꾸했다.

"걔 혼자 이거 다 먹어도 모자랄걸."

소연이 조용히 다시 앉았다. 반장이 조그맣게 말했다.

"그럼 체육이랑은 다음에 같이 먹자."

셋은 다정하게 떡볶이와 튀김을 먹었다. 소연이 휴대폰으로 음악을 틀었다.

난 알고 있어

너의 그 비밀들을

넌 네 마음 감추며 웃고 있지만

난 알고 있어

처음부터 알고 있었어

반디가 포크를 내려놓았다. 달팽이가 좋아한 노래 때문에 기분이 상했다. 소연이 해맑게 말했다.

"요즘 이상하게 이 노래가 좋아져."

반디가 이를 악물었다. 소연이가 뭐를 알고 있다고 하기엔 표정이 너무 편안했다. 그 태도에 더 속이 뒤틀렸다. 얼굴에 떡볶이를 던져 버리고 싶은 판인데 반장까지 노래 좋다며 볼륨을 키웠다. 은지는 아무 말 하지 않았지만 재미있다는 표정이었다.

"난 싫어."

반디가 진정하려 애쓰며 입을 열었다.

"이 노래 싫어."

"잘 들어 봐. 좋다니까."

반디는 떡볶이까지 사다 준 애들한테 화를 낼 수는 없어 입을 꾹 다물고 눈알을 굴렸다. 순간 반장의 방 창틀에 푸른 불을 켠 벌레가 스쳐 지나갔다. 반디는 눈을 부릅떴다.

ㅎㅎㅎㅎㅎ.

동시에 노래 사이에서 낮은 웃음소리가 섞여 나왔다. 반디가
소리쳤다.

"이게 무슨 소리야?"

소연과 반장이 영문을 모르겠다는 눈길을 서로 나누었다. 반
디는 그 둘이 짜고 자신을 놀린다고 생각했다.

ㅎㅎㅎㅎㅎ.

다시 웃음소리가 흘러나왔다. 반디가 눈을 치켜떴다.

"왜 이상한 소리를 들려줘? 내가 무서워할 것 같아?"

반장이 반디의 기세에 눌려 말을 더듬었다.

"무, 무슨 소리를 말하는 거야?"

소연이 거들었다.

"중간에 나오는 드럼 소리 말이야?"

반디가 젓가락을 탁자 위에 던지고 화를 냈다.

"누가 그거 물어봤어? 바보야?"

소연의 눈빛이 싸늘해졌다.

"왜 그렇게 말해? 노래에서 무슨 소리가 난다는 거야? 반장

너 들었어?"

"나도 못 들었는데."

반장이 어쩔 줄 모르는 얼굴로 반디를 보았다. 반디는 답답해서 견딜 수 없었다. 착한 척하는 것도 한계에 이르렀다. 반디는 소리를 버럭 질렀다.

"눈치 더럽게 없네. 노래 꺼 보라고 했잖아. 내가 이딴 노래 들으면서 잘 대해 주니까 우습냐?"

반장과 소연은 뭐라고 해야 할지 모르는 것 같았다. 이 와중에 은지는 흥미진진한 얼굴로 반디를 보았다. 눈빛이 형형했다. 반디는 더 기분이 나빠졌다.

소연이 반디가 던진 젓가락을 주워 테이블 위에 거칠게 내려놓았다. 탁. 반디는 그것을 자신을 향한 도전으로 보았다.

'저게 어디서.'

반디가 소연을 노려보았다. 그리고 나직이 말했다.

"야, 난쟁이. 작작 해라. 맞기 싫으면."

"뭐?"

반디는 소연의 파르르 떨리는 입술을 보며 한쪽 입꼬리를 올렸다.

'여왕은 그런 눈으로 보는 거야. 무서워하는 눈빛.'

"반디야, 왜 그래."

숨죽이고 있던 반장이 겨우 반디를 말렸다.

"뭘 왜 그래. 짜증 나."

반디는 식식거리며 자리를 박차고 일어섰다. 은지가 벌떡 일어나 반디의 뒤를 따랐다.

"귀찮게 왜 졸졸 따라와!"

반디가 악을 썼다.

"누가 널 따라간다고 그래."

반장이 받아쳤다. 반디는 쾅쾅 발소리를 내며 복도를 걸었다. 방문을 세차게 열었을 때였다. 휙. 회색빛 물체가 눈앞을 막아섰다.

"악!"

반디가 비명을 질렀다. 비둘기였다. 창문을 통해 들어온 비둘기는 유리에 부딪혀 피투성이였다. 부리가 부러졌는지 빨간 젤리 같은 것이 튀어나와 있었다. 붉은 거품이 뚝뚝 떨어지는 그것의 색깔은 우산 모양 사탕 색깔과 같았다. 이제부터 달팽이는 너야. 눈을 부릅뜬 비둘기가 말을 거는 듯했다.

"뭐야, 왜 그래?"

"무슨 소리야?"

반장과 소연뿐 아니라 방방마다 모든 아이들이 문을 열고 나오더니 비둘기를 보고 뜨악해했다.

"뭐야, 무서워!"

"어디로 들어왔어? 반디 놀랐겠다."

아이들이 웅성웅성하는 소리 사이로 작은 목소리가 반디에게 속삭였다.

"맛있어, 먹어 봐."

반디는 발끝부터 온몸이 덜덜 떨렸다.

'어떤 년이야. 다 알고 있으니까 나한테 이런 짓을 하는 거야.'

"내가 겁먹을 줄 알았지? 웃기지 마."

반디는 바닥에 뒹구는 비둘기를 걷어찼다. 분홍빛 내장이 튀어나왔다. 수군대던 아이들이 일순간 조용해졌다. 반디가 체육부장에게 소리쳤다.

"너지? 네가 콜라 전해 주고 나서 창문 열었지?"

체육부장이 펄쩍 뛰었다.

"아니야, 난!"

체육부장과 한방을 쓰는 아이가 반디의 눈치를 보며 말했다.

"나도 같이 왔었어. 얘가 그런 것 같지 않은데······."

아이는 반디의 얼음 같은 눈빛에 말을 잇지 못했다. 반디가 날을 세웠다.

"너도 한패야?"

"그, 그런 거 아니야."

"그럼 가만있어. 비둘기 꼴 나기 전에."

아이들은 반디의 목소리와 눈빛에 모두 기가 질렸다. 아무도 나서는 사람이 없었다. 반디는 문을 쾅 닫고 방으로 들어가 침대에 누웠다. 방을 치울 생각도, 저녁 자습 따위 갈 마음도 없었다. 피곤이 몰려드는 것을 느끼며 눈을 감았다.

"반디야, 자습 시간 됐는데 안 갈 거야? 빠지면 혼날 텐데."

은지가 침대 가장자리에 앉아 있었다.

'얜 언제 들어왔지.'

반디가 깜짝 놀라 일어나 앉았다. 은지가 들여놨는지 복도에 내놓았던 화분이 창틀에 놓여 있었다. 꿈틀꿈틀. 징그러운 벌레가 움직이는 모습이 그려져 반디는 얼굴을 찡그렸다. 은지가 웃었다.

"왜? 달팽이가 불쌍해? 아님 반딧불 유충이 징그러워?"

은지의 눈빛이 심상치 않았다. 반디가 눈을 부라렸다.

"무슨 말이야?"

은지가 창가에 서서 반디와 화분을 번갈아 보았다. 반디는 은지가 자신에 관해 뭔가 알고 하는 말인지 살폈다. 그 와중에 반딧불들이 몰려와 푸른빛을 일렁이며 맴돌았다. 반디가 말했다.

"저것 봐. 반딧불이 있잖아. 내 말이 맞지?"

"뭐? 어디?"

은지가 두리번두리번했다. 반디는 짜증을 내며 벌떡 일어나 창문을 열어젖혔다. 반딧불이 비눗방울처럼 공기 위에 떠 창가로 몰려들었다. 달팽이는 너야. 희미한 소리도 함께 섞여 왔다.

반디가 반딧불을 쳐 죽였다. 반디의 손에 푸른 형광빛이 묻었다.

"이것 봐. 푸른 반딧불이잖아."

은지가 영문을 모르겠다는 얼굴을 했다.

"무슨 반딧불? 어디?"

"너, 안 보인다고?"

반디가 당황한 목소리로 물었다. 은지가 고개를 흔들었다.

"네 눈에만 보이는 거 아니야? 반딧불도 과거를 세탁한 너랑 비슷하니까?"

"뭐? 말도 안 되는 소리 하지 마!"

반디는 발끈해서 소리쳤다. 은지는 반디가 뭐라고 하든지 말든지 화분의 잎사귀를 쓰다듬으며 낮게 소리를 냈다.

난 알고 있어

너의 그 비밀들을

푸른 반딧불들이 하나둘 몰려와 창가의 화분에 자리를 잡았다. 불빛으로 가득한 화분은 거대한 푸른 샹들리에 같았다. 푸른 형광빛에 반디는 눈이 시려 왔다.

"이 거지 같은 학교도 화분도 다 기분 나빠. 너 진짜 이 반딧불 안 보여?"

은지는 반딧불을 바로 앞에 두고 고개를 두리번거리다 말했다.

"난 안 보여. 네가 만든 거겠지. 네가 한 짓이 있으니까."

"무슨 소리 하는 거야. 내 뒷조사라도 한 거야, 뭐야!"

반디가 분에 못 이겨 발칵 성을 냈다. 은지는 그런 반디를 보며 웃었다. 은지 눈빛은 달팽이 그 애가 뛰어내리기 전 눈빛과 똑같았다. 반디가 뒷걸음쳤다. 은지가 속삭였다.

"너 때문에 죽은 거나 다름없이 사는 사람이 있었지? 달팽이."

"너, 너 누구야?"

푸른빛의 반딧불들이 일제히 날아올라 반디를 감쌌다. 흑흑흑, 달팽이는 너야. 일렁이는 형광빛 속에서 웅성거림이 끝없이 흘러나왔다. 은지가 뭐라고 대답했지만 소란스러움에 묻혀 반디의 귀에 닿지 않았다.

"시끄러워, 뭐야!"

반디가 고개를 가로저으며 팔을 휘둘렀다. 쨍그랑. 팔에 부딪친 화분이 창틀에서 떨어져 깨졌다. 가지가 꺾인 곳에서 반딧불들이 점점이 방 안으로 번져 나왔다. 반디는 바닥에 앉아 팔로 머리를 감쌌다. 은지 목소리가 귓속을 빙빙 돌았다.

"반딧불은 유충일 때 잔인하게 달팽이를 먹는다고 했잖아? 지금 착한 척한다고 그 사실이 없어질 것 같아?"

반디가 고래고래 소리를 질렀다.

"다 네 짓이었어? 나한테 이러는 게 재밌어?"

반디는 은지의 머리채를 잡으려 했지만 은지는 순간 사라져 버렸다. 빈손엔 싸늘한 공기만 맴돌 뿐이었다. 당황하는 반디를 보며 다시 은지가 나타나 웃었다.

"나를 만든 건 너야."

은지의 모습이 안개처럼 흩어졌다가 다시 선명해졌다. 은지가 선명해질수록 웅성거리는 목소리들이 반디의 온몸을 파고들었다.

"지금 시치미 뗀다고 모를 줄 알아?"

"반딧불은 입이 없어. 그런 짓을 했으면 조용하게 살아야지, 왜 다시 여왕이 되려고 하는 거야."

"네 과거는 없어지지 않아."

반디가 귀를 막고 울먹였다.

"넌 뭐야? 나한테 왜 이러는 거야?"

은지가 반디를 보며 차갑게 비웃었다.

"조용히 넘어가게 내버려 두지 않을 거야."

은지의 팔다리가 길어지며 기괴하게 꺾였다. 더듬이가 늘어나고 손이 오그라들며 톱니가 생겼다. 입가에 묻은 끈적끈적한 진액이 번들거렸다.

"뭐야! 저리 가! 가까이 오지 마!"

반디는 도망치고 싶었지만 다리가 풀려 풀썩 주저앉았다. 은지는 즐겁다는 듯 웃으며 천천히 기어 왔다. 반디는 얼어붙어 움직일 수조차 없었다. 느릿느릿 기어가는 달팽이처럼 몸을 떨며 조금씩 물러날 뿐이었다.

반디는 그제야 은지가 자신에게 말고는 말한 사람이 없다는 사실을 깨달았다. 소연이 룸메이트를 기다렸다는 말도 이해가 갔다. 은지는 반디가 이해할 수 있는 존재가 아니었다. 은지가 낮게 읊조렸다.

"너를 향한 원망이 나를 만들었어."

방 안 공기가 싸늘하게 변했다. 은지는 완벽한 반딧불 유충의 모습으로 눈을 번뜩이며 다가왔다. 떠다니던 반딧불들은 원망에 가득 찬 눈동자였다. 번들거리는 눈동자들이 은지의 몸 위에 다닥다닥 붙어 한 걸음 한 걸음 반디에게 다가오고 있었다.

반디는 꺼지라고 소리치고 싶었지만 아무 말도 할 수 없었다. 팔에 돋은 소름. 목덜미 솜털에마저 살의에 찬 목소리가 달라붙어 반디를 흔들었다. 반디는 벗어날 수 없다는 것을 알았다. 서늘한 눈동자를 피해 선 창가 끝, 바람결에 그 애의 차가운 숨결이 불어왔다. 그 애 말이 맞았다. 달팽이는 반디였다.

* 두근두근, 터닝 포인트

"사하라는 아랍어로 사막이라는 뜻이다. 사하라 사막이라고 하면 사막사막이 된다."

사진부 선생님이 침을 튀기며 열변을 토했다. 사막이라는 말을 들으면 아직도 목마르다.

별만 의지해 방향을 짐작하면서 걷던 끝없는 길. 열기가 올라오는 바위틈에서 밤이 오기를 기다릴 때 입 안에 느껴지던 모래의 맛. 바닥에 뒹굴던 짐승의 유골은 뇌리에 박혀 사라지지 않을 것 같다. 저절로 얼굴이 찌푸려졌다.

"어디 아픈가?"

선생님이 나를 보고 묻는다.

"아닙니다."

나는 집중하는 척 스크린을 노려보았다.

서울에 와서 알게 되었다. 속마음을 말해 봤자 상처만 받게 된다. 특별 활동도 나를 드러내지 않는 수업이 뭐가 있을까 고민하다 사진부를 택했다.

"자, 이 사진을 봐 봐. 사막의 밤이야."

사진부 선생님이 또 사막을 보라며 스크린을 가리킨다. 난 사막이 정말 싫다.

"이 사진을 보면 어떤 느낌이 들지? 사진은 기술보다 느낌이 중요해. 작가가 말하고자 하는 바가 어떤 것인지 생각해라."

조용하게 사진 찍는 법을 배우겠지 생각했는데 큰 오산이었다. 한술 더 떠 사진을 보고 느낀 점을 말하란다. 질색이다. 나는 고개를 숙이고 가만히 있었다.

"자, 누구부터 말해 볼래? 이 아름다운 사진을 보고 먼저 말해 볼 사람 없어?"

아름답다고? 당신이 사막을 헤매고 있지 않으니까 그런 말이 나오는 거다. 모래 폭포가 쏟아지는데 방향을 잃을까 봐 고개를 이리저리 돌리고 있어 봐라. 늑대 우는 소리가 가까워질수록 죽음에 한 발짝 다가가는 느낌이 들곤 했다. 제발 사막 얘기는 그만했으면 좋겠다.

"저건 뭐예요? 푸르스름한 점 같은 거요."

선생님이 침을 삼키는 짧은 틈을 누가 치고 나왔다. 고개를 들어 소리 나는 쪽을 보았다. 오혜민이다. 나 같은 아웃사이더도 오혜민은 알고 있다.

학교 축제에서 댄스부가 춤을 췄다. 올망졸망 귀여운 걸그룹 흉내를 내는 아이들 틈에서 오혜민은 단연 돋보였다. 짧은 머리에 검정색 진을 입고 비보이 같은 춤을 추었다. 나는 태어나서 처음으로 춤이 멋있다는 생각을 했다.

"점이라고?"

사진부 선생님도 오혜민의 말에 관심을 기울였다. 오혜민은 의자에 느긋하게 기대앉아 손으로 천천히 사진 구석을 가리켰다. 그 동작조차 리듬을 타는 것처럼 보인다. 저 아이 주변에는 음악이 흐르는 듯하다. 사진을 가리키는 손가락이 길다.

"저기 그림자 뒤에요. 별은 아닐 테고."

"이거 뭐지?"

선생님이 사진을 확대해서 들여다보았다. 뒤통수가 싸해졌다.

저 불빛, 잊을 수 없다. 아무것도 없을 것 같은 텅 빈 사막. 국경 수비대 자동차 헤드라이트가 닿는 곳엔 드문드문 퍼런 섬광이 번뜩였다. 그 불빛 사이에서 나는 숨죽이고 몸을 낮췄다. 모래의 촉감과 불빛이 생생하게 몸에 남아 있다.

"불빛에 비친 동물 눈동자입니다. 사막여우나 그런 것 말입니다.”

나도 모르게 대답해 버렸다. 대답하는 순간 실수했다는 생각이 들었다. 가만히 있어야 했다. 어떻게 알았느냐고 따지고 들면 귀찮아질 게 뻔하다. 나에게 짜증이 났다.

“너, 진짜 똑똑하다!”

생각 외로 나에게 돌아온 것은 오혜민의 찬사였다. 쌍꺼풀 없는 큰 눈이 나를 향해 빛났다. 이런 칭찬에 익숙하지 않다. 얼굴이 뻣뻣해지면서 귀까지 뜨거워졌다. 사진부 선생님이 오혜민을 보며 말했다.

“오혜민, 막판에 사진부 들어오겠다고 떼쓰더니 열심히 하네.”

오혜민은 거리낌 없이 받아쳤다.

“열심히 하겠다고 약속했으니까요.”

사진부 첫 수업은 주변 환경에서 느낌을 담은 사진을 찍어 오라는 숙제로 끝났다. 자신이 정한 제목과 들어맞는 사진을 찍어 오란다.

느낌? 속 편한 소리 하고 있다. 무시하고 싶었지만 학교와 학원을 오갈 때 거리를 눈여겨보게 되었다.

지금은 익숙하지만, 서울에 처음 도착한 열한 살 때는 밤이 되면 화려하게 빛나는 불빛들이 신기했다. 마치 건물이 빛 속으로 숨어든 것 같은 느낌이었다. 그만큼 어릴 때 보았던 별들을 볼 수 없어서 섭섭하기도 했다.

"야, 그럼 별 보이는 곳으로 다시 가."

그때만 해도 순진했다. 솔직하게 말했다가 꺼지라는 말만 들었다. 그런 말보다 더 싫은 건 넌 누구 편이냐는 물음이었다. 넌 이쪽 편이야, 저쪽 편이야? 넌 이제 우리 편이지? 우리 편이라서 온 거지? 지겹도록 들었다. 나는 누구 편일까. 그런 말을 아무렇지도 않게 묻는 사람의 편은 아니다.

점심시간엔 주로 학원 숙제를 한다. 간혹 공부 좀 신경 쓴다는 애들이 슬쩍 물어 온다.

"이 문제 풀 수 있냐."

나는 기꺼이 알려 주었다. 그렇다고 살갑게 대하지는 않는다. 빈틈을 보이면 바로 목덜미를 물고 늘어질 그런 것들이니까. 방심은 금물. 어차피 나는 이방인이다.

간만에 학원 숙제를 하지 않아도 되는 점심시간이었다. 도서관에서 책을 빌렸다. 나는 최근에 나온 한국 소설을 주로 읽는다. 다행히 요즘은 이해 못 하는 부분이 별로 없다.

지난 6년, 죽도록 노력해서 이방인의 티를 씻어 냈다. 다른 사람이 되고 싶은 것은 아니었다. 다른 꼴을 못 봐 주는 인간들 사이에서 조용히 살고 싶을 뿐이다. 시간이 조금 남아 빌린 책을 펼쳤다.

길모퉁이 작은 우체통은 그대로다. 지난밤 희미하게 불빛이 새어 나온 그 우체통이 맞을까? 뿌옇고 우울한 푸른 불빛은 나를 뒷걸음치게 했다. 그 불빛은 어디로 갔을까. 지금 앞에 있는 것은 아무도 거들떠보지 않을 평범하고 낡은 우체통일 뿐이다. 스르륵. 차가운 바람이 목덜미를 스쳐 지나갔다.

"너도 이거 읽어?"

목소리만으로도 누구인지 알겠다. 오혜민이다. 사진부 수업 때 나를 딱 한 번 봤으면서 엄청 반가워했다. 나는 느릿느릿 대답했다.

"응, 지금 빌렸어."

"나, 도서관에서 읽고 이 책 있거든. 너무 좋이."

이런 말엔 뭐라고 대답해야 하는지 모르겠다.

"너, 이 책 마음에 들면, 내가 다른 책 빌려줄까? 난 이런 스타일 책만 읽어."

분위기는 매력 있지만 왠지 종잡을 수 없어 그만 읽으려던 참이었다.

"되게 재밌지? 그치?"

오혜민이 물었다. 대답하지 않으면 갈 줄 알았는데 눈치 없이 해맑게 내 말을 기다리고 있다. 눈이 반짝반짝 빛난다. 나는 뜸 들이다 입을 열었다.

"이제 막 읽기 시작해서……."

"미스터리가 너한테 어울려. 다음에 책 가지고 올게."

"그, 그래."

나도 모르게 책을 빌리기로 약속하고 말았다.

"너, 사진부 숙제 했어?"

오혜민은 아예 내 옆에 자리를 잡고 앉았다.

"아니."

이렇게 단답형으로 대답하면 물러날 만도 한데 그럴 기미가 없다. 한 번도 거부당한 적 없는 사람의 태도다. 나와는 태생적으로 다른 인간이다. 오혜민이 눈을 반짝이며 물었다.

"나, 내일 파주 헤이리 갈 건데 같이 갈래?"

갑작스러운 물음에 당황스럽기만 했다. 헤이리. 가 본 적은 없지만 신문에서 읽었다. 가 보는 것도 나쁘지 않겠지. 상식이니까.

"원래 언니랑 가려고 했는데, 아침에 언니가 엄마 편만 들어서 같이 안 가려고."

언니가 있는지는 몰랐지만 언니와 안 가려는 이유는 알겠다. 굳이 왜 나하고 가려 하는지 물어보려는데 오혜민이 언니 욕을 끝없이 해 댔다.

"나 필요할 때만 잘해 주다가 조금만 실수하면 엄마한테 이른다. 오늘 아침에도……."

별 시시콜콜한 얘기를 다 하더니 마지막에 오혜민이 한마디 덧붙였다.

"같이 가자."

내 대답은 듣지도 않고 내 휴대폰을 들어 자기 번호를 찍었다. 뭐지? 순식간에 당했다.

"내일 아침 10시에 학교 앞에서 만나. 고마워."

원하지도 않는 책을 빌리기로 한 것처럼 나는 얼떨결에 오혜민의 헤이리 동행자가 되었다.

띠리리리링. 아침 9시 45분에 또 휴대폰이 울린다. 오혜민의 네 번째 전화다. 처음에 전화했을 땐 약속 시간을 확인하더니 두 번째는 정문 말고 후문 쪽 길에서 보자고 했고, 세 번째는 자기가 곧 출발할 거라는 전화였다. 이번엔 자기가 먼저 도착해 있을 거라는 전화다.

"천천히 와. 나 기다려도 되니까."

"어, 그 말 하려고 전화한 거야?"

"응. 조심해서 와."

빨리 오라고 하는 건지 진짜 기다리겠다고 하는 건지 모르겠다. 아무리 괜찮다고 했지만 그런 말을 듣고는 느긋하게 갈 수 없어 뜀박질했다. 아, 조금 성가시다.

"뭐야."

막상 도착하니 후문 앞길에 아무도 없었다. 나는 불법 주차한 자동차들 사이에 오혜민이 있는지 둘러보았다. 이제는 또 다른 데 있다고 전화가 오려나.

"야! 왔구나."

갑자기 바로 앞 승용차 안에서 오혜민이 튀어나왔다.

"우리 언니가 헤이리까지 태워 준대. 좋지?"

다시는 말도 안 할 거라는 그 언니 말인가.

"어서 타."

오혜민은 나를 뒷자리에 밀어 넣더니 내 옆에 탔다.

"안녕하세요."

나는 운전석에 대고 인사를 했다.

"안녕, 너구나."

이게 무슨 말이지? 너구나, 라니. 무슨 뜻인가요, 물어볼까 하는데 오혜민이 상냥하게 말했다.

"전에, 나 공 맞을 뻔했을 때 네가 수돗가에서……."

"공? 아!"

지난 학기 일이다. 체육 시간이 끝난 직후였다. 수돗가에서 손을 씻을 때 뭔가 위험한 느낌이 들었다. 내 옆의 여자아이 쪽으로 축구공이 날아오고 있었다. 나는 반사적으로 손을 뻗어 공을 쳐 냈다.

꺄악. 왜 공을 여기로 차! 여자애들이 공을 찬 애들한테 뭐라고 소리쳤다. 손을 씻고 돌아서는데 여자아이의 목소리가 들렸다. 고마워, 진심으로.

그 목소리의 주인이 오혜민이었구나. 오혜민이 내 표정을 살폈다.

"네 옆에서 손 씻고 있던 애가 나야. 몰랐어?"

"몰랐어."

"너 때문에 뒤늦게 사진부 들어간 거야. 말 시키려고."

별일 아닌데 고마웠나 보다. 오혜민이 나에게 친절히 대하는 이유를 알고 나니 어쩐지 섭섭했다. 이린 기분은 처음이다. 오혜민이 라디오에서 흘러나오는 노래를 흥얼거리다가 나를 보았다.

"너희 반 애한테 들었는데, 너 공부도 되게 잘한다면서. 시험 기간에 같이 공부할까?"

"앗!"

대답하려는데 오혜민 언니가 갑자기 급브레이크를 밟아 몸이 앞으로 쏠렸다.

"우리 언니 운전 잘 못 하니까 안전벨트 다시 확인해. 절대 난 앞자리에 안 타."

"야. 그럼 버스 타고 가."

오혜민과 언니가 티격태격했다. 헤이리에 도착도 하기 전인데 벌써 피곤하다. 처음 보는 사람의 차를 타는 것도 불편하지만 더 곤란한 일은 둘이 티격태격하며 자꾸 내 의견을 묻는 것이었다.

"내 말이 맞지 않아?"

"네가 보기엔 어때?"

몇 번 잘 모르겠다고 하자 더는 묻지 않았다. 침묵이 이어지자 어색해져서 괜히 왔다는 생각이 들었다.

주말이라 헤이리는 입구부터 사람들로 넘쳐 났다. 오혜민의 언니는 고맙다는 내 인사를 받는 둥 마는 둥 하고 떠났다.

"저쪽부터 가자. 봐 둔 데가 있어."

오혜민이 나를 데리고 간 곳은 오래된 가구들이 있는 카페였다. 실내 분위기가 독특해서 사진을 찍으면 예쁜 장면이 나올 것 같았다. 그렇지만 그게 내 느낌이 담긴 사진일지는 모르겠다. 테이블마다 사람들이 앉아 있어서 헤매다 겨우 자리를 잡았다.

"너 뭐 마실 거야?"

오혜민이 지갑을 꺼내 들고 일어서며 물었다.

"응?"

"자리 좀 맡아 놓고 있어. 같이 와 줬으니까 내가 살게."

오혜민은 물어 놓고 대답은 듣지 않았다. 그런데도 기분은 나쁘지 않았다. 오혜민의 들떠 있는 분위기에 나도 휩쓸려 정신이 없다.

나는 눈으로 오혜민의 뒷모습을 좇았다. 사람들을 요리조리 잘 피해 걷는 모양이 춤을 추는 듯하다. 평소에도 스텝을 연습하나 보다.

짧은 머리카락 밑으로 드러난 목이 길다. 오혜민은 손가락도 목도 다리도 길다. 넋 놓고 뒷모습을 보고 있는데 오혜민이 내 쪽을 돌아본다. 눈이 마주칠까 봐 재빨리 고개를 돌렸다. 아, 훔쳐본 걸 눈치챘으면 어떡하지. 부끄럽다.

오혜민이 커다란 접시에 동글동글한 연두색 물체가 가득 담긴 무엇인가를 테이블에 놓았다. 형과 카페에 몇 번 가 본 적 있지만 이런 건 먹어 본 적 없다.

이걸 몰라도 괜찮은 걸까. 모르면 부자연스러운 건가. 이 문제가 항상 어렵다. 망설이다 그냥 퍼먹었다. 차갑고 달콤한 얼음에서 향긋한 냄새가 났다. 기분이 좋다.

"너도 멜론 빙수 좋아하는구나!"

멜론 빙수. 기억해 둬야겠다. 나는 원래 아는 것처럼 대답했다.

"응."

"나도 진짜 좋아해. 엄마가 자꾸 살찐다고 뭐라고 해서 엄마랑 있으면 잘 못 먹을 때가 많아."

서울에 와서 다른 애들이 부러울 건 없었다. 엄마 아빠와 다 함께 사는 것 빼고. 애들이 가족 이야기를 하면 나는 일부러 딴 생각을 했다. 슬퍼져서 약한 모습을 보이면 공격당할 수 있다. 학교생활도 사막과 다를 바 없다. 약해 보이면 당하는 것이다. 오혜민이 말했다.

"너, 공부 잘하니까 잔소리 안 듣지? 어른들은 공부 잘하면 다 봐주잖아."

잔소리 좀 듣고 싶다. 내가 공부를 잘해야 하는 이유는 따로 있었다. 잔소리 정도가 이유라면 이렇게 미친 듯이 매달리지 않았을 것이다.

초등학교에서 적응 못 하고 울 때마다 형이 그랬다. 살아남으려면 공부하는 방법밖에 없다고. 왜 서울에 왔는지 잊어서는 안 된다고. 그때 형은 지금 내 나이 또래였으니 나보다 더 힘들었을 게 뻔하다. 버틴다는 생각으로 고등학교를 다녔겠지. 형이 대학을 졸업하고 공무원이 되었어도 우리 형제는 여전히 버티며 살고 있다.

나는 오혜민과 이야기하다 실수하지 말자고 마음을 다잡았다. 지금은 상냥하고 부드럽지만 이방인에게 이빨을 드러낼 가능성은 얼마든지 있다. 지금까지 경험으로 보자면 가장 믿고 있던 상대가 어느 순간 나를 물어뜯곤 했다.

이 와중에 멜론 빙수는 정말 맛있었다. 오혜민이 마지막 남은 얼음을 삼키고 일어섰다.

"이제 사진 찍자."

분명 숙제는 자신의 마음을 담은 사진이라고 했는데 오혜민은 셀카만 찍어 댔다. 그동안 나는 가구들을 구경했다. 낡고 헌 가구인데 가격은 깜짝 놀랄 만큼 비쌌다.

"야!"

오혜민이 나를 부르더니 자기 휴대폰을 주면서 사진을 찍어 달라고 했다. 셀카는 다 찍었나 보다.

"네가 앉아서 찍어야 다리가 길게 나와."

오혜민은 마치 자기 집처럼 카페를 편하게 돌아다니며 촬영 주문을 했다.

"저 조명 밑에 서 있을 테니까 액자를 가운데에 넣고 나는 실수로 찍힌 것처럼 찍어 줘."

찍어 달라는 주제에 요구 사항은 엄청 많았다. 나는 시키는 대로 했다. 어차피 이 카페에선 숙제하기 다 글렀다.

"이번엔 옆모습을 찍어."

카메라 렌즈로 보이는 오혜민은 눈부셨다. 거리낄 것 없는 자신감 때문일 수도 있지만 그런 게 아니더라도 빛이 난다. 내가 보기엔 사진들이 다 잘 나온 것 같은데 한 장 찍고 확인한 다음 지우기를 거듭했다. 수십 장은 찍은 기분이 든다. 팔이 저려 오는 것을 참다가 겨우 틈이 나서 물었다.

"넌 네 사진 내려고?"

"아니. 어떤 각도에서 사진이 잘 나오나 보려고. 나는 연극배우가 될 거거든."

"연극배우?"

"나중에 내가 쓴 희곡으로 공연하는 게 내 꿈이야. 멋있지?"

"응."

평소대로 짧게 대답했지만 정말 멋있다고 생각했다. 춤을 추고 희곡을 쓰면서 사는 건 어떤 기분일까.

"여자 둘이 이야기하는 것부터 시작하는 연극이야. 서로 같은 얘기 하는 것 같은데 사실 다른 얘기를 하고 있어."

같은 이야기 같지만 다른 말을 하는 것. 나도 알 듯한 느낌이다. 오혜민이 희곡에 관해 장황하게 설명하다 웃으며 휴대폰을 내게 보여 주었다.

"숙제로 낼 사진은 아까 찍었어."

오혜민이 보여 준 사진은 멜론 빙수를 찍은 사진이었다. 멜론 빙수 뒤로 내가 스푼을 물고 웃는 얼굴이 들러리처럼 찍혀 있었다.

"제목은 만족. 어때?"

"야! 내 사진은 언제 찍었어?"

"너 찍으려고 한 거 아니야. 네가 찍힌 거지. 널 찍으려고 했으면 이마 위로 잘리게 찍었겠어?"

어이없어하는 내 표정을 보더니 오혜민은 깔깔 웃었다.

"너 삐친 거야? 숙제로 안 낼게. 근데 이 사진 좋지 않아? 너 웃는 얼굴 별로 못 본 것 같아."

"웃을 일 없었어."

"웃으니까 더 잘생겼어."

오혜민은 뜬금없는 칭찬으로 나를 당황하게 만들었다. 방심할 틈이 없다. 간지러운 칭찬을 해 놓고 아무렇지도 않게 말했다.

"이따 카톡으로 보내 줄게. 이제 나가자."

"그래."

헤이리는 건물들이 다 멋있다. 사람들도 전부 행복해 보였다. 이 사람들 사이에 있는 나도 행복해 보일 것 같다. 건물 유리에 비친 나를 곁눈질했다. 그냥 내 얼굴이다.

행복한 건 둘째로 치고 고민스럽다. 멜론 빙수를 얻어먹었으니 이따 내가 뭘 사긴 해야 할 텐데, 뭘 사야 할지 모르겠다. 얘는 어떤 음식을 좋아할까. 주머니에 신용 카드가 있다. 친구와 놀러 간다니 형이 기꺼이 쓰라고 준 것이다. 오혜민이 멜론 빙수도 정해 주었으니 뭘 먹을지도 정해 주면 좋겠다. 복잡한 내 마음과 상관없이 오혜민이 갑자기 사막 얘기를 꼬치꼬치 물었다.

"너, 사막 여행한 적 있어? 어디?"

여행이라고? 표류했다고 말해야 더 정확하겠지만 여행이라고 해야 한다. 자연스러워야 하니까.

"고비 사막."

"멋있다. 사진 많이 찍었어?"

"아니."

"누구랑 갔어? 언제?"

"……."

사진부 수업 때 입 닫고 있어야 했다고 후회해 봐야 늦었다. 어쩐지 잘 넘어간다 했다. 오혜민은 여전히 발랄하게 말한다.

"내가 아는 사람 중에 사막을 여행한 사람은 네가 처음이야."

사막을 떠올리면 힘들다. 나도 원해서 사막을 걸었던 게 아니라고 말해 봐야 더 복잡해지겠지. 대답하지 않으면 말하기 싫다는 뜻이라는 걸 모르는 것일까. 넌 지우고 싶은 기억 따위 없어 보이지만 나는 아니다. 오혜민이 노래하듯이 말했다.

"이제 갈대광장 가서 사진 찍자. 빨리 와."

갈대라고? 발끝이 움찔거렸다. 심장부터 온몸으로 독이 퍼져 나가는 듯하다. 사막 다음에 갈대. 내가 싫어하는 걸 조사라도 했나. 한 걸음 한 걸음이 무겁다. 오혜민이 내 팔을 잡아끈다. 해맑게 그저 좋은 얼굴이다.

"근사하지? 저기가 원래 가려던 곳이야."

나는 갈대밭이 가까워 올수록 혼란스러웠다. 진흙과 물의 냄새. 스스스슥. 스스스슥. 잊을 수 없는 저 소리.

물론 낯선 곳 어디를 가나 그때의 기억을 찾아내곤 했다. 그렇지만 갈대밭을 마주할 마음의 준비는 되어 있지 않았다.

작년 이맘때, 형이 회사에서 야유회를 갔을 때 갈대밭을 보고 토했다고 했다. 그때는 겁쟁이라고 놀렸는데 지금 내 속도 울렁울렁하다. 다리에 힘이 풀릴 것 같다. 여기서 흔들리면 안 된다. 오혜민의 목소리가 윙윙 울렸다.

"멋있지? 저 배경에서 사진 찍어 줘."

"그, 그래."

갈대광장으로 들어서니 갈대 잎이 바람에 스치는 소리가 몸속으로 파고들었다. 스스스슥. 스스스슥.

나는 오랫동안 피해 왔던 트라우마를 정면으로 마주하고 말았다. 스스스슥. 스스스슥. 그 소리가 나를 그곳으로 데려다 놓았다.

나 자신에게 말을 했다. 괜찮다. 무서워할 것 없다. 다 지난 일이다. 진정하려고 했지만 숨소리가 거칠어지면서 땀이 났다. 차가운 강물과 갈대밭이 온몸으로 또렷하게 떠올랐다. 엄마. 엄마.

"너, 괜찮아?"

오혜민이 내 상태를 눈치챘다.

"응."

아무렇지도 않은 척하고 싶었지만 등이 뻣뻣하고 어지러웠다. 턱이 덜덜 떨리는 것을 멈출 수 없었다. 오혜민이 눈을 동그랗게 뜨고 나를 보고 있다. 눈빛에서 걱정스러움이 묻어 나왔다. 따뜻한 눈빛을 보고 있자니 마음이 조금씩 가라앉았다. 오혜민이 다정하게 말했다.

"무서워? 내 손 잡아."

엄마한테 마지막으로 들은 말이다. 무섭네? 손잡으라.

참을 새도 없이 울음이 목까지 차올랐다. 참아 보려 했지만 다 틀렸다. 사람들이 넘쳐 나는 갈대광장에서 나는 주저앉아 울고 말았다. 나를 쳐다보는 게 느껴졌지만 어쩔 수 없었다. 갈대가 보이지 않는 곳으로 벗어나고 싶은데 힘이 없다.

"저쪽 가서 좀 앉자."

오혜민이 나를 부축해서 벤치로 데리고 갔다. 뭐라고 설명해야 할까. 그럴듯한 말로 둘러댈 수 없는 상황이다. 형처럼 토해 버렸다면 체했다고 말할 수 있을 텐데.

나를 아는 사람들을 피해 일부러 멀리 떨어진 고등학교를 선택했다. 그토록 노력했는데 어이없이 이렇게 무너지다니. 이방인은 신분을 드러내서는 안 된다. 이방인이라는 것부터 공격의 대상이니까. 이젠 신분을 들키지 않는다면 미친놈으로 소문날 일만 남았다. 둘 중 뭐가 더 나쁠지 판단할 수 없다.

"미안해."

나는 오혜민의 놀란 얼굴에 사과했다.

"왜 이렇게 떨어? 내 손 잡으라니까."

손잡으라는 말에 다시 눈물이 터져 나왔다. 어쩔 수 없다. 왜 그러느냐고 추궁을 받은 것도 아닌데 전부 쏟아내 버렸다.

"두만강 건널 때 갈대 소리가 무서웠어. 엄마랑 누나가 두만강에서……."

엄마는 왜 내 손을 놓아 버렸을까. 나는 왜 엄마를 놓쳤을까. 엄마와 누나는 왜 그 강물에서 빠져나오지 못했을까.

엄마와 누나가 세상을 떠났을 때 형과 나는 울 수도 없었다. 형은 우리 둘뿐이니 절대 헤어지면 안 된다는 말만 했다. 우리는 얼어붙은 두만강을 건너 갈대밭에 몸을 숨겼다. 춥고 무섭고 슬펐다.

두만강을 건너 중국으로 가면 끝일 줄 알았는데 아니었다. 중국은 공안에게 잡힐 수 있어 다시 한번 국경을 넘어야 했다.

중국 국경을 넘어 몽골로 가는 길에는 고비 사막이 펼쳐져 있다.

형 말로는 고비 사막에서 내가 죽을 뻔했다는데 나는 지금도 두만강의 갈대숲이 더 무섭다. 엄마가 거기 있으니까. 누나가 휩쓸려 간 곳이니까. 그곳에 엄마와 누나를 두고 나만 살았으니까.

열 살의 나도 아직 그곳에서 빠져나오지 못하고 머물러 있다. 내 일부분은 아직 거기 있다.

고비 사막에서 중국 수비대에게 발견되면 바로 북송이다. 우리는 몽골 군인을 찾기만 바라며 걸었다. 하늘이 도왔다고 해야 할까. 내가 죽었는지 살았는지 분간할 수 없을 만큼 지쳤을 무렵, 몽골 국경 근처에서 군인에게 구조되었다. 그때 구조되지 않았다면 나는 탈수증으로 죽었을 거라고 들었다.

"그랬구나."

오혜민은 내 손을 꼭 잡아 주었다. 나는 말을 이었다.

"나는 여기에 속한 사람도 아니야."

북송만 피하면 전부 해결될 것 같았지만 현실은 또 달랐다. 학교에서 형과 나는 심한 괴롭힘을 당했다. 그것을 다 겪고 나면 혼자 지내는 일이 남았다. 나 같은 애들이 학교를 떠나는 이유는 하나다. 북한에서 온 애라는 호기심이 잦아들 무렵이면 외딴섬이 되는 것. 무엇보다 그게 가장 힘들다. 북한에서 왔다는 사실을 알리기 싫어 고등학교에 와서는 스스로 혼자를 택했다. 못 섞이는 것보다 안 섞이는 편이 차라리 낫다. 내 자존심도 덜 상한다.

"와서 좋은 건?"

오혜민이 물었다. 감출 것도 없다. 나는 솔직하게 말했다.

"난, 후회하고 있어. 나 때문에 할머니도 고생하실 거야. 오지 않았다면 엄마도……."

목소리가 떨렸다.

"야, 그런 거 말고. 잘 생각해 봐."

오혜민이 내 말을 끊는다. 무슨 대답을 원하는 건가.

"내가 물어볼 게 있어."

이제 와 누구 편인지 묻지 않았으면 좋겠다. 오혜민이 입술을 잘근잘근 씹다가 입을 열었다.

"여친 생기면, 그래도 좋을 것 같지 않아?"

"여친?"

"응. 나는 어때?"

야. 너 진심이냐. 놀리는 거냐. 물어보려는데 오혜민이 째려보았다.

"왜? 싫어?"

목소리가 날카롭다.

"좋아. 근데……."

무슨 말을 들을지 모르지만 확인하고 싶었다. 나도 입술을 잘근잘근 씹다가 물었다.

"나, 북에서 왔는데, 괜찮아?"

"뭐 어때. 어차피 나중에 통일될 거잖아."

오혜민은 간단하게 대답했다. 그게 뭐 중요하냐는 표정이다. 잠시 내가 아무것도 아닌 일로 애써 왔다는 생각마저 들려고 했다. 틀린 말은 아니다. 언젠가는 통일이 되겠지. 오혜민이 내 어깨를 툭 쳤다.

"너 먼저 셀프로 통일했다고 생각해."

꼭꼭 숨겨 온 이야기를 하고 나니 머리가 한결 가벼웠다. 오혜민이 팔짱을 꼈다.

"배고프다. 우리 추로스 사 먹자. 응?"

"추로스? 어디?"

"저기 있잖아."

오혜민이 재촉하는 목소리를 들으면서 나는 벤치 밑에서 흔들리는 갈대의 그림자를 찍었다. 오혜민의 운동화 앞코와 내 운동화 앞코가 살짝 나왔다. 마음에 든다. 오혜민이 물었다.

"갈대는 왜 찍어? 무섭다며."

"그냥. 익숙해지려고."

"뭘 그런 걸 연습하냐. 다 괜찮아질 거야."

오혜민과 있으니 정말 그럴 것 같다. 오혜민이 자기 휴대폰을 보여 주며 쉴 새 없이 말했다.

"친한 애들 카톡방에 너랑 사귄다고 자랑했는데⋯⋯."

내가 사진을 찍는 짧은 시간 동안 열 개가 넘는 카톡이 왔단다. 내가 만나기로 하자마자 바로 자랑할 만한 사람인가. 어리둥절하다.

"애들이 나를 알아?"

"우리 반 애들은 알지. 네가 수돗가에서 공 쳐 줬을 때 봤잖아. 다들 너 멋있다고 했어."

"진짜?"

"응. 내가 너한테 말 걸어 보려고 애썼던 것도 알아. 내가 너 좋아한다고 미리 찜해 뒀거든."

바보같이 감격해서 또 눈물이 나려고 하는 것을 꾹 참고 물었다.

"벌써 알린 거야?"

쑥스러워서 물었을 뿐인데 뾰족한 목소리가 돌아왔다.

"당연하지. 왜? 비밀로 할 생각이었냐?"

"아니, 그런 게 아니고⋯⋯."

"넌 친구한테 카톡 안 해?"

선뜻 대답하긴 어려웠다. 자랑하고 싶은 마음은 넘치지만 이런 사생활을 나눌 친구가 없다. 형한테라도 할까? 아무한테도 카톡을 안 하면 오혜민이 일부러 알리지 않는다고 오해할지도 모른다. 그렇다고 뜬금없이 반 단톡방에 오혜민이 내 여친이다, 이렇게 올릴 수는 없지 않나.

내가 머뭇거리자 오혜민이, 내 똑똑한 여자 친구가 답을 내 주었다.

"이제부터 내 친구가 네 친구지, 뭐."

사진부 숙제는 좀 전에 찍은 갈대밭 그림자 사진을 내야겠다. 지금 이 순간만큼 강렬한 느낌이 담긴 사진을 또 찍을 수는 없을 듯하다. 나는 사진을 보여 주며 물었다.

"이 사진 제목, 뭐라고 하지?"

"오늘부터 1일?"

나쁘지 않지만 좀 더 내 마음과 딱 맞는 제목을 찾고 싶었다. 나는 낮은 소리로 말했다.

"희망적이고 앞으로 좋아진다는 뜻이 담기면 좋을 것 같아."

"글쎄, 뭐가 좋을까. 탈출? 아! 터닝 포인트?"

터닝 포인트. 나는 그 말을 속으로 따라 해 보았다. 가슴이 두 근두근했다.

*

세이렌이 울리는 밤

펑. 펑. 조명탄이 터졌다. 검은 바다 위 언뜻언뜻 금색 섬광이 비쳤다. 물결 위 거미줄처럼 일렁거리는 조명탄과 달빛. 나는 방파제 길 위에서 두 손을 모으고 바다를 바라보았다. 빈이가 기적처럼 무사히 나타나 주길 바라는 마음이 간절했다. 달에 소원을 빌면 이루어진다는 말을 지금처럼 간절하게 믿고 싶은 적 없었다.

"큰일이네."

"걔 엄마 이후로 처음이지?"

방파제 위는 구조 작업에 동참하는 사람들과 걱정하는 사람들로 소란스러웠다.

모두 빈이 아빠를 딱한 눈으로 보았다. 말하지 않아도 무슨 생각을 하는지 빤했다. 바다에 아내를 잃고 이제 하나 있는 자식마저……. 탄식하는 사람들 사이에서 빈이 아빠는 꼿꼿하게 서 있었다.

경찰은 내가 빈이를 만난 마지막 목격자라고 했다. 마지막. 나는 그 말을 가만히 되뇌었다.

마지막은 항상 마지막인지 모르고 지나갔다. 한참 지나고 돌이켜 보면, 그게 마지막이었구나 하고 문득 깨닫게 되는 것이다.

지금까지 만났던 남자 친구들도 그랬다. 아무렇지도 않게 일상을 나누다 차곡차곡 쌓인 불만이 사고처럼 터지고 그렇게 끝이 났다.

이게 우리의 마지막일까? 이럴 수는 없다. 빈이를 보낼 준비가 되어 있지 않다. 나는 달을 향해 간절히 소원을 빌었다. 다시 못 본다고 해도 빈이가 어디에 살아 있기만을 바라고 또 바랐다.

"해인이구나."

사람들의 위로를 묵묵히 듣던 빈이 아빠가 나를 보고 입을 열었다. 나는 떨리는 목소리로 물었다.

"아저씨. 빈이가 진짜 바다에 빠졌어요?"

아저씨는 어젯밤 비바람이 휘몰아칠 때 빈이가 바닷가 절벽을 향해 가는 CCTV 영상을 보았다고 했다.

"빈이가 왜요?"

나는 이해할 수 없었다. 어제는 내 생일이었고 우리는 시내로 나가 영화를 보았다. 빈이는 우리 집에 나를 데려다주면서 우리 엄마한테 인사를 했다. 우리 엄마는 빈이가 내 쪽으로 우산을 기울여 씌워 주느라 빈이의 등이 다 젖었다고 걱정했다. 내가 대문을 닫을 때까지 빈이는 돌아서지 않고 나를 바라보았다. 눈빛이 그렁그렁했다.

나는 빈이가 절벽으로 간 장면을 직접 봐야 믿겠다고 고집을 부렸다. 폭풍이 치는 날에 어떻게 그 사람이 빈이라고 확신하느냐고 하자 몇몇 사람도 맞장구를 쳤다. 빈이 아빠 옆에 서 있던 경찰이 휴대폰을 내밀었다.

"흡."

나는 숨만 들이쉴 뿐 아무런 말을 못 했다.

빈이가 틀림없었다. 동영상 속 빈이는 폭풍 따윈 전혀 신경 쓰지 않는 듯 가벼운 발걸음으로 바닷가 절벽으로 사라졌다.

"거긴 왜 갔을까. 그렇게 폭풍이 몰아치는 날에."

사람들이 가슴을 부여잡고 울부짖었다. 나는 휴대폰을 뚫어져라 노려보았다. 이 상황을 이해할 수 없었다.

수색은 밤늦은 시간까지 계속되었다. 환한 달빛과 수시로 터지는 조명탄. 많은 사람들이 힘을 다해 노력했지만 끝내 빈이를 찾을 수는 없었다.

"해인아. 그만 가자."

나를 부르는 엄마의 목소리가 젖어 있었다. 아빠는 말없이 내 어깨를 토닥였다. 나는 돌아서면서 빈이 아빠를 흘깃 보았다. 빈이 아빠는 텅 빈 눈으로 바다를 바라보고 있었다. 빈이 아빠 셔츠에 달린 해양자연사 박물관 배지가 달빛에 반짝 빛났다.

"관장님, 이제 그만 들어가시죠."

경찰이 빈이 아빠에게 말했지만 빈이 아빠는 여전히 서서 바다를 보았다. 나는 빈이 아빠 옆으로 돌아가 속삭였다.

"아저씨, 빈이가 왜 그랬을까요."

"그만 가 봐라."

빈이 아빠는 경찰이 그렇게 들어가라고 해도 꼼짝하지 않다가 내가 말을 걸자마자 자리를 피했다. 내 얼굴을 보는 것만으로 괴로울지 모르겠다. 엄마 손에 끌려 집으로 가면서 나는 무슨 일이 일어난 깃일까 되짚어 봤다.

집에 오니 책상 위에 놓인 파란 노트가 눈에 띄었다. 빈이 생일에 주려고 쓴 일기장이다. 재미있는 일기가 되도록 다이내믹한 일이 일어났으면 좋겠다고 생각했지만 이런 일이 일어나리라고는 상상도 하지 못했다.

이튿날 아침, 상황은 더 심각해졌다. '폭풍에 실족한 고등학생 행방불명'이라는 뉴스까지 나왔다. 사람들은 빈이 엄마를 들먹이며 빈이가 자살했을 것이라는 분위기를 풍겼다.

자살이라니. 말도 안 된다고 생각하면서도 한편으로 마음에 걸렸다. 내 생일날 밤, 나를 보던 눈빛. 그런 눈으로 나를 보았던 이유는……. 마지막 인사를 했는데 내가 알아채지 못했을까. 미칠 것 같다.

엄마 아빠가 출근하기를 기다려 바로 빈이네 집으로 갔다. 방학 보충 수업이 있지만 안중에 없었다. 남자 친구가 없어졌는데 공부가 무슨 대수란 말인가. 눈앞에서 시내로 가는 버스를 보내 버렸다.

빈이네 집은 우리 마을 맨 끝, 걔네 아빠가 일하는 해양자연사박물관 뒤편에 있다. 나는 방파제 길을 따라 걸었다. 모래알이 햇살에 반짝이고 서핑하는 사람들이 한가롭게 파도를 가르고 있었다. 폭풍이 몰아치던 밤과 딴판으로 바다는 아름다웠다. 미지근한 바닷바람이 나를 감쌌다.

바람 사이에 빈이 목소리가 섞여 있는 듯했다.

"해인아, 네 이야기 엄청 재밌어."

흠칫 놀라 주위를 둘러보았다. 서핑하는 사람들 몇몇이 해파리가 나왔다고 소리치고 있었다. 빈이는 해파리를 무서워하지 않았다. 바닷가 모래밭에 밀려온 해파리를 바다로 던져 주는 모습을 본 적 있다. 기운을 차린 해파리들은 살랑살랑 바다에서 헤엄을 쳤다.

눈물이 날 것 같다. 나는 입술을 꼭 깨물고 발걸음을 재촉했다.

"빈이야!"

나는 늘 열려 있는 대문을 통해 빈이네 마당으로 들어서며 소리쳤다. 아무 소리도 나지 않았다. 빈이가 돌아왔다면 벌써 나를 반겼을 것이다.

빈이는 소리에 몹시 예민했다. 내 목소리가 좋다는 것을 처음 알려 준 사람이 빈이여서 하는 말이 아니다. 빈이는 마당에 들어선 사람의 발소리만으로 누가 왔는지 알아맞힐 수 있었다.

"아저씨! 해인이에요!"

몇 번을 소리쳐도 반응이 없었다. 아들이 행방불명인데 출근한 건가? 빈이 아빠가 쓰러졌으면 어떡하지?

빈이네 현관 도어 록 비밀번호는 내 생일이다. 비밀번호를 누르는 손이 떨렸다.

띠리릭. 현관문이 열렸다.

빈이네 집은 텅 비어 있었다. 뭐라도 찾아봐야 할 것 같아 빈이의 책상 서랍을 열어 보았다.

"어!"

서랍에 빈이의 휴대폰이 있었다. 휴대폰을 놔두고 어디 갈 리가 없다. 나와 만나는 동안 연락이 되지 않은 적은 한 번도 없었다. 심장이 터질 것처럼 뛰었다. 나는 휴대폰을 켰다. 나와 학교에서 온 부재중 전화 28통이 있었다. 전화번호부를 검색했다. 입력된 전화번호는 내 번호와 빈이 아빠, 빈이와 같은 반인 신우범 번호뿐이었다.

최근 기록을 보았다. 내 생일 밤, 나에게 잘 자라고 카톡을 남긴 게 마지막 기록이었다. 발신 시각을 보니 나와 헤어져 골목길을 가고 있을 때다. 휴대폰이 집에 있는 것으로 보아 집에 들렀다가 나간 게 틀림없었다. CCTV에 찍힌 시각도 한밤중이었다.

왜 다시 나간 걸까. 책상 서랍에 다시 휴대폰을 넣어 두는데 못 보던 게 눈에 띄었다. 노트북보다 두껍고 큰 기계였다.

"이게 뭐야?"

나는 그것을 꺼내 보았다. 사진 코팅 기계였다. 빈이가 왜 이런 걸 가지고 있는지 모르겠다. 거실로 나와 빈이의 노트북을 켰다. 최근 인쇄 문서에 나와 함께 찍은 사진들이 있었다. 이걸 왜 프린트했지? 이 사진들을 코팅한 걸까? 도대체 왜?

나는 집 이곳저곳을 뒤져 보았다. 달라진 건 없었다. 책상 위에 내 사진이 있는 머그가 없어진 것만 빼고 그대로다. 휴대폰도 두고 간 애가 머그를 가지고 나가다니.

빈이가 특이한 편이긴 했다. 공부도 잘했지만 노래도 무척 잘했다. 충분히 인싸가 될 수 있었는데 애들하고 늘 거리를 두었다. 친해질까 봐 걱정하는 것처럼 보일 때도 있었다. 나도 처음엔 빈이와 아는 척도 하지 않는 사이였다. 우리가 친해진 건 그날 밤부터다.

올해 이른 봄이었다. 나는 잠을 잘 수 없었다. 7개월이나 사귄 남자 친구가 나와 헤어진 바로 이튿날 다른 여자애와 커플이 된 것이다. 분명히 나랑 사귀고 있을 때 둘이 만난 것 같지만 물증이 없었다. 쿨하게 넘겼어야 했는데 전 남친 반에 가서 소리까지 질렀다. 창피하고 화가 나서 견딜 수 없었다. 당장 다음 날 학교 갈 일이 걱정이었다. 전 남친 얼굴을 마주칠 생각만 해도 펄쩍 뛸 노릇이었다.

엄마 아빠가 깨지 않게 조심조심 현관문을 빠져나와 숨이 턱에 차오를 때까지 뛰었다. 늦은 밤 골목에는 아무도 없었고 캄캄한 하늘과 드문드문 서 있는 가로등, 파도가 내는 소리뿐이었다. 나는 소금기 머금은 바람 냄새를 실컷 맡으면서 달렸다.

마을 끝 선착장에 도착했을 때 구름이 걷히고 보름달이 새하얀 얼굴을 빼꼼 드러냈다. 달빛은 흔들리는 물결 위에 은빛 그물을 만들었다. 나는 선착장 끝에 걸터앉아 바다를 바라보았다. 터질 것 같은 마음이 조금씩 가라앉는 느낌이 들었다.

그때였다. 선착장에서 50미터쯤 떨어진 용바위에서 그림자가 일렁였다.

'이 시간에 뭐지?'

나는 눈에 힘을 주고 용바위를 주시했다. 그림자는 분명 사람이었다.

'이 밤에 저길 가다니.'

용바위까지 헤엄쳐 가는 게 어려운 일은 아니지만 아직 물이 차가운 봄날, 그것도 한밤중에 누가 있다니 수상했다. 바다에 익숙한 마을 사람들도 밤에 수영하는 것은 피한다. 나는 몸을 앞으로 내밀고 용바위를 주시했다.

바람이 불었다. 구름이 밀려나고 보름달이 완전히 모습을 나타냈다. 그러자 용바위의 그림자가 무릎을 꿇고 두 손을 모으는 모습이 보였다. 분위기가 심상치 않았다. 나는 손을 내저으며 있는 힘을 다해 소리쳤다.

"저기요!"

그림자는 내 소리를 모른 척했다. 분명히 멈칫하며 내 쪽을 바라본 것 같은데 말이다. 그림자가 신발을 벗어 가지런히 정리했다. 나는 온몸에 찌르르 전율을 느꼈다. 내 눈앞에서 누군가 자살을 하다니. 이래저래 따질 새가 없었다.

"기다려요!"

나는 휴대폰을 내려놓고 바다에 뛰어들었다.

봄 바다는 무척 차가웠다. 용바위 근처로 다가갈수록 물살도 셌다. 달빛이 물결 따라 무늬를 그리는 모습을 감상하는 것과 몸으로 부딪치는 건 천지 차이다. 어릴 때부터 바다에서 놀았던 나지만 건너기가 만만치 않았다.

겨우 용바위에 이르자 그림자가 손을 내밀었다.

"어! 너!"

빈이였다. 나를 보는 눈빛이 무척 평온했다. 그제야 괜한 짓을 했다는 것을 깨달았다. 이런 눈빛으로 자살하는 사람은 없을 것이다.

물 밖으로 나와 용바위에 걸터앉자 몸이 덜덜 떨렸다. 추워서 말도 잘 나오지 않았고 정신마저 몽롱했다.

음~. 빈이가 허밍으로 낮은 소리를 냈다. 부드러운 바람이 나를 휘감았다. 바람 사이로 빈이의 달콤한 목소리가 들렸다. 목소리는 따뜻하고 부드러운 바람을 더 불러왔다. 따뜻한 바람이 내 옷과 머리카락을 말렸다. 나는 차츰 정신이 들었다.

바람이 먼저 그쳤는지 빈이의 낮은 노랫소리가 먼저 그쳤는지는 모르겠다. 그 순간은 마치 꿈 같았다. 기운을 차린 내가 물었다.

"너, 여긴 왜 왔어?"

빈이는 대답하지 않고 큰 가방에서 과일을 꺼내 늘어놓았다.

바닷가에서 자랐다면 파도에 음식을 흘려보내는 광경은 흔하다. 바다로 사라진 누구를 기리는 의식이니까. 나는 그제야 빈이 엄마가 파도에 쓸려 갔다는 말을 들은 기억이 났다.

빈이는 과일 하나하나마다 커다란 돌멩이를 끈으로 묶었다. 가만히 있기 어색해서 나도 도왔다.

"저의 선물입니다. 맛있게 드세요."

빈이는 눈물을 글썽이며 과일을 하나하나 바다에 빠뜨렸다.

사방은 고요했고 파도마저 잠잠해 세상이 멈춘 것만 같았다. 달빛은 점점 더 강해졌고 바다에서 잔잔한 거품이 솟았다. 마치 거대한 탄산수 한가운데 떠 있는 느낌이었다. 나는 처음 보는 아름다운 광경에 눈이 휘둥그레졌다. 빈이가 입을 열었다.

"너야말로 왜 온 거야?"

"네가 자살하는 줄 알았거든. 근데 와 보고 아닌 걸 알았어."

내 대답에 빈이가 피식 웃었다. 웃을 때 입매가 무척 예뻤다. 나는 예감했다. 새로운 사랑이 시작되리라는 걸. 콩닥콩닥, 가슴이 뛰었다. 나는 목소리를 예쁘게 내려고 애썼다.

"나, 해인이야. 우리 같은 중학교 나왔는데."

빈이는 나를 알고 있었다.

"낮에 우리 반에……."

발뺌해야 소용없을 것 같아 그렇다고 했다.

"나랑 만나는 중에 다른 애를 만난 놈이니까……."

"그렇구나. 당연히 화낼 만하지."

빈이가 내 편을 들어 준 덕분에 나는 기분이 싹 풀렸다.

우리는 용바위에서 다시 선착장으로 헤엄쳐 올라왔다. 또 한 번 빈이의 허밍에 맞춰 부드러운 바람이 불었다. 바람은 우리의 옷과 머리카락을 말려 주었다.

"야, 이런 적 처음이야. 드라이어로 말리는 것 같아. 뭐지?"

내 말에 빈이는 시간이 너무 늦었다며 이만 가자고 재촉했다. 그리고 우리 집까지 함께 걸어 주었다. 완벽한 만남이었다.

다음 날 학교에 갔을 때 전 남친은 안중에 없었다. 내 모든 감각은 이미 빈이에게 쏠렸으니까. 느낌이 좋았으니 곧 나에게 사귀자는 말을 할 줄 알았는데 오산이었다. 빈이는 마주칠 때마다 웃으며 인사만 하고 갔다. 나는 다급해졌다.

누가 나에게 다가와 만나자고 하면 기뻐하며 사귀는 것. 그게 내가 남자 친구를 만나는 순서였다. 그다음은 싸우고 헤어지고 서로 으르렁대는 것까지 항상 똑같았다. 빈이는 생애 최초로 내가 먼저 다가간 사람이었다. 그러고 보니 마음에 걸리는 말이 있다.

"나는, 바다 사람이야. 끝까지 잘해 줄 수 없을지도 몰라."

처음 빈이에게 사귀자고 했을 때 빈이가 한 대답이었다. 기껏 용기 내서 한 말인데 어이없는 대답이었다. 분위기로 봐서 거절하는 것 같진 않았다. 나는 설득했다.

"우리가 몇 살인데 끝까지 잘해 준다는 거야. 그냥 지금 여친 없으면 나는 어떠냐고 묻는 건데."

빈이는 내 말을 이해하지 못했다.

"끝까지 함께하지도 못하면서 왜 사귀는 거야?"

"남자 친구가 있으면 주인공이 된 기분이니까."

빈이가 웃었다. 나는 속으로 바보 같은 이유인지 고민했다.

남자 친구가 좋아하는 일을 함께 하는 것. 나로 인해 남자 친구가 웃는 것. 그럴 때마다 내 존재가 돋보이는 기분이었다. 그게 문제일까?

나는 만나는 동안 좋은 추억을 많이 만들고 싶다고, 어른이 되고 나서도 웃을 수 있는 기억이 있으면 얼마나 좋겠냐고 했다. 별말도 아닌데 빈이는 무척 감동받은 것처럼 보였다.

나는 무슨 일이 있더라도 빈이 마음에 드는 여자 친구가 되어야겠다고 마음을 굳혔다. 그때 빈이가 물었다.

"넌 뭐 하는 거 좋아해?"

지금까지 어떤 남자 친구도 묻지 않았던 말이었다. 그동안의 남자 친구들은 자기가 좋아하는 것을 같이 하자고 했고, 나는 기꺼이 했다.

나는 새삼 내가 뭘 좋아하는지 생각했다. 뭘까? 마땅한 대답이 떠오르지 않았다. 내가 머뭇거리자 빈이는 내가 중학교 때 수련회에서 추었던 춤을 기억했다.

"되게 멋있었어. 가끔 널 마주칠 때마다 생각났어."

"그래? 춤을 공부해 볼까?"

나는 기분이 좋아서 소리쳤다. 빈이는 내가 원한다면 하는 게 좋겠다고 했다. 나는 빈이를 흘겨봤다.

"대답이 뭐 그래. 신경 안 쓴다는 말 같은데."

빈이가 웃으며 대답했다.

"나 기대하고 있어. 그리고 발표할 때마다 네 목소리도 아주 좋았어."

"노래를 할까? 우리 집안이 목청이 좋거든."

빈이는 웃으며 나를 응원했다. 대단한 이야기는 아닌데 언제나 재미있게 말한다나. 나는 새끼손가락을 내밀었다.

"내가 만약에 춤을 춘다면 처음으로 봐 줘야 되고 노래도 잘 들어 줘야 해. 뭘 할지 결정 못 했지만."

"바다 사람이 할 수 있을 만큼 최선을 다할게. 우리 오늘부터 사귀는 거다."

사귄다는 말에 혹해서 바다 사람 같은 건 묻지도 않고 넘어갔다. 우리 마을에 살면 다 바다 사람이라는 생각도 했다. 그게 무슨 뜻이었을까. 엄청 중요한 걸 놓친 느낌이다.

띠띠띠. 현관문이 열리고 빈이 아빠가 들어왔다. 혼자 와 있는 나를 보고 깜짝 놀란 얼굴이었다. 나는 더듬거리며 빈이가 와 있을지 몰라서 들어왔다고 말했다. 빈이 아빠가 한숨을 내쉬었다.

"그런 일은 없을 거다. 빈이가 선택한 일이다."

아니라고 화를 내고 싶지만 그러잖아도 슬픈 상황 앞에서 그럴 수는 없었다. 남자 친구가 사라진 것도 정신없는데, 아들의 행방을 모르는 빈이 아빠는 마음이 어떨까. 저렇게 침착해 보이는 것도 아직 실감하지 못해서 그러는 것일지 모른다. 빈이 아빠는 나를 집에 데려다주겠다고 했다.

"괜찮아요. 올 때도 걸어왔어요."

"이렇게 더운데 너희 집까지 걷다 큰일 난다."

나는 다시 괜찮다고 말하고 서둘러 빈이네 집에서 나와 버렸다.

밖은 무더웠다. 한낮의 햇살이 정신마저 몽롱하게 만들었다. 방파제 길에 들어서자 파도가 유리처럼 빛을 냈다.

"해인아. 이 아리아 들어 봤어? 네 목소리랑 잘 어울릴 것 같지?"

바람에서 또 빈이 목소리가 들린다. 정신이 이상해질 것 같다. 빈이 생일에 일기장과 선물을 주고 집으로 돌아오는 길, 바다에서 노래를 불러 주려고 했다. 빈이 생일은 넉 달 남았다. 기적이 일어나서 빈이가 돌아올 수 있다면 얼마나 좋을까.

땀을 뻘뻘 흘리며 걸었다. 나도 모르게 향한 곳은 어제 새벽 빈이가 목격된 절벽 해안 길이었다. 누가 서 있었다. 키가 작고 딱 봐도 날렵한 느낌의 남자아이. 신우범이었다. 신우범은 애써 울음을 참는 것처럼 보였다.

나는 신우범 옆에 서서 아래를 내려다보았다. 바위에 파도가 부딪쳐 거품이 아이스크림처럼 몽글몽글 피어났다. 신우범이 말했다.

"빈이는 내 생명의 은인이야."

신우범의 이야기는 충격이었다.

"중학교 때였어."

겨울밤, 신우범은 아무도 없는 등대에서 몸을 던졌다고 했다. 이유는 말해 줄 수 없지만 그땐 죽는 방법밖에 없다고 생각했다고.

"나를 구해 준 사람이 빈이야."

바닷물은 숨이 끊어질 듯 차갑고 캄캄한 물밑은 끝없이 이어져 물에 빠지자마자 바로 후회하는 마음이 들었다고 했다. 바닷물에 젖은 옷은 무겁게 내려앉았고 휘몰아치는 파도에 정신을 차릴 수 없었다나. 캄캄한 바다로 빨려 들어가며 점차 의식을 잃어 갈 때였다고 했다.

"뭐가 저 깊은 곳에서 나를 수면 위로 밀어 올렸어. 빈이였어."

신우범은 아직도 알 수 없다고 했다. 그 밤에 집에서 멀리 떨어진 등대 앞까지 빈이가 어떻게 알고 와서 자신을 구했는지.

"말도 안 되지만 사실이야. 빈이랑 원래 친했는데 그날은 다른 사람 같았어. 어떻게 된 일인지 물었더니 자기는 바다 사람이라 그렇다더라. 무슨 소리냐고 하니까 웃기만 했어."

나는 뭐라고 대답해야 할지 몰라 신우범을 가만히 보았다. 그날 신우범은 몹시 혼란스럽고 놀랐을 테다. 바다에서 겨우 빠져나와 처음 본 사람이 빈이였던 것이다. 나는 신우범의 어깨를 툭툭 두드렸다. 신우범이 바다를 바라보며 물었다.

"빈이는 파도가 잔잔해질 시간을 귀신처럼 알았어."

신우범의 마음은 이해가 갔다. 나도 빈이가 죽었다고 믿고 싶지 않으니까. 하지만 바다를 잘 안다고 위험하지 않은 것은 아니다. 바닷가에서 태어나 쭉 바닷가에 사는 나는 안다. 바다는 아름답지만 무섭다는 것을. 폭풍우가 휘몰아치는 밤, 절벽에서 뛰어내린 사람이 살아남을 가능성은 없다.

나는 신우범을 버스 정류장까지 배웅했다. 신우범은 자기네 집으로 가는 버스가 어떤 버스인지 잘 몰랐다. 나는 시내로 가는 버스를 알려 주고 돌아섰다.

"야, 강해인!"

신우범이 나를 불렀다.

"빈이가 왜 그랬는지 도저히 이해할 수가 없어."

"나도 그래."

우리는 뭐라도 알아내면 서로 가장 먼저 알려 주기로 약속하고 전화번호를 교환했다.

나는 신우범이 말한 등대에 가 보기로 마음먹었다. 신우범의 말을 완전히 믿는 것은 아니지만 등대 앞에서 빈이를 봤다는 것만은 사실일 것이다. 등대는 해양자연사박물관을 지나서 한참 더 걸어야 했다.

해양자연사박물관 앞은 방학을 맞은 아이들로 붐볐다. 박물관은 별다를 게 없지만 지하에 있는 거대한 아쿠이리움 때문에 가까운 지역에서도 견학을 오곤 했다. 빈이도 아쿠아리움에 가는 것을 좋아했다.

시험이 끝난 평일 낮, 관람객이 없을 때였다. 빈이가 커다란 수조에 얼굴을 대고 속삭였다.

"안녕. 여기서 잘 지내니."

그러자 수조 안에 있는 거북과 톱상어, 가오리들까지 한 줄로 빈이 앞으로 몰려왔다.

"야, 너 뭐야? 조련사야?"

내가 놀라자 빈이는 긴 팔로 수조 앞에서 곡선을 그렸다. 물고기들도 우르르 빈이를 따라 움직였다.

"어떻게 하는 거야? 너무 신기해!"

"바다 사람의 비밀."

빈이는 해양자연사박물관 관장인 아빠 덕분에 아주 어릴 때부터 아쿠아리움에 와서 물고기들과 친해졌다는 말도 안 되는 설명을 늘어놓았다. 그리고 내가 좋아하는 모습을 보며 자기가 더 좋아했다. 지난날 생각에 잠겨 멍하니 아쿠아리움 앞에 서 있다가 막 발을 떼려는데 전화가 왔다. 재아였다.

"너 어디야? 왜 학교도 안 오고!"

목소리에서 걱정이 묻어났다. 등대에 가 볼 참이라 말하고 끊으려는데 재아가 급하게 덧붙였다.

"빈이 아빠가 빈이 짐 챙기러 학교에 왔었어. 너한테 남긴 것도 있어. 지금 갖다줄게."

머릿속이 새하얘지는 느낌이었다. 빈이가 뭘 남긴 것일까. 나는 아쿠아리움에서 재아를 기다리기로 했다.

"아!"

아쿠아리움 직원들은 빈이와 자주 왔던 나를 알아보고 수군댔다. 불쌍하다는 눈빛을 받는 게 편하지 않았지만 어쩔 수 없었다.

나는 아쿠아리움을 천천히 돌아보았다. 해파리 코너에서 어떤 직원이 아이들을 상대로 설명하고 있었다. 빈이와 무척 친하게 지낸 직원이다. 나는 설명이 끝나기를 기다려 다가갔다.

"안녕하세요? 뭐 하나만 여쭤볼게요. 빈이가……."

갑자기 목이 메어 말을 이을 수 없었다. 직원은 당황하며 내 어깨를 토닥였다. 그리고 말했다.

"같은 카페 회원이에요. 해변을 산책하는 모임. 빈이는 지난주에 탈퇴했어요. 저도 잘 몰라요."

직원의 눈동자가 흔들리고 있었다. 나는 무슨 이유로 탈퇴한다고 했는지, 다른 이야기는 없었는지 캐물었지만 어떤 대답도 들을 수 없었다. 힘없이 돌아서는 내가 안돼 보였는지 직원이 한마디 덧붙였다.

"힘내요. 말 못 하는 이유가 있었을 거예요."

여전히 궁금한 게 많았지만, 더는 물을 수 없었다.

빈이는 계획하고 있었던 것일까. 미안함과 배신감이 동시에 나를 휘감았다. 재아가 앞에 도착했다는 메시지를 보내왔다. 나는 박물관 정문으로 갔다.

"어휴, 더워."

재아는 다짜고짜 나를 박물관 앞 아이스크림 가게로 데리고 갔다.

"먹어. 이 언니가 사는 거니까."

재아는 아무렇지 않은 듯 말하면서 나를 살폈다. 재아의 성화에 떠밀려 아이스크림 한 스푼을 먹었다. 레몬 소르베의 상큼한 맛이 나를 더 슬프게 했다. 나는 애써 눈물을 참았다.

재아가 쇼핑백을 내밀었다. 하늘색 쇼핑백에 내 이름이 적혀 있었다. 강해인. 나는 쇼핑백을 열기가 겁났다. 재아가 낮은 소리로 말했다.

"혼자 있을 때 열어 보고 싶으면 그렇게 해."

"아니야."

재아가 함께 있어 줘서 다행이었다. 나는 떨리는 손으로 쇼핑백 안에 손을 넣었다. 서류 봉투 안에 공책 크기의 그림이 있었다. 선착장에서 보이는 용바위 그림이었다. 재아가 용바위 위에 서 있는 여자아이를 가리켰다.

"이게 해인이 넌가 봐."

빈이가 그림 그리는 모습은 본 적이 없었다. 좋아하는 과목도 수학이었고 방과 후 수업은 줄곧 화학만 선택했다. 뜬금없이 왜 그림을 남겼을까.

그 밖엔 별것도 없었다. 핫팩 몇 개와 문화 체험 학습으로 만든 오카리나가 있을 뿐이었다. 빈이는 직접 만든 오카리나를 무척 아꼈다. 그러나 가지고만 있을 뿐 불지는 않았다.

"이 더위에 핫팩은 뭐냐."

재아가 고개를 갸웃거렸다. 나도 같은 마음이었다. 아이스크림 가게에서 나와 등대로 가려는데 재아가 붙잡았다.

"같이 가 줄게."

남자 친구를 만날 때마다 목숨 거는 내가 걱정되는 모양이었다. 나는 애써 웃어 보였다.

"혼자 있고 싶어."

재아는 내일은 꼭 학교에서 만나자고 하며 몇 번이나 나를 돌아보았다. 나는 등대로 발길을 옮겼다.

한밤중에 빈이는 왜 거기 있었을까. 과일을 보내는 곳도 아닌데 뭘 하러 갔던 것일까. 무슨 생각을 했을까.

큰 기대를 하고 온 긴 아니지민 등대에선 이무것도 찾을 게 없었다. 나는 해변 산책로를 따라 걸었다. 산책로에는 해녀 할머니들이 직접 잡은 해물로 죽을 끓여 팔고 있었다. 빈이는 죽을 아주 좋아했다. 특히 지난주에는 내내 죽만 먹었다.

"해물은 끓이는 게 제일 맛있어."

빈이는 죽을 먹을 때 무척 행복해 보였다. 손님 대부분이 낚시꾼 아저씨인 죽집에서 빈이는 해녀 할머니들의 사랑을 독차

지했다. 나는 빈이가 없을 줄 알면서도 혹시나 하는 마음에 앉아 있는 사람들을 훑어보았다.

"여기 앉아 봐라."

빈이를 유독 예뻐하던 해녀 할머니가 나에게 손짓했다.

"죽 먹으러 온 거 아니에요."

내가 고개를 저었지만 할머니는 내 손을 끌어다 앉혔다.

"그 학생 생각나서 온 게로구나. 한 그릇 먹고 가. 돈 안 받아."

거절할 새도 없었다. 할머니는 김이 모락모락 피어오르는 죽 그릇 위에 가자미 살을 발라 얹어 주었다.

"고맙습니다."

나는 눈물을 누르고 인사를 했다. 할머니가 내 등을 토닥였다.

"평생을 물질한 나보다 바다를 더 많이 알고 있었어. 모전자전 이지."

"빈이 엄마를 아세요?"

할머니의 눈빛이 아득해졌다.

"알다마다. 참 착했어."

이 할머니는 모르는 게 없나 보다. 속는 셈 치고 빈이의 행방을 물었다. 할머니는 천천히 일어나며 엄마한테 간 거라고 했다. 빈이 엄마가 살아 있었나? 귀가 번쩍 뜨였다.

"빈이 엄마요? 어디 계시는데요?"

"누가 알겠니. 저 넓은 바다 어디에 있는지. 그래도 둘은 잘 만났을 거다."

확신에 찬 대답에 마음이 무너졌다. 빈이가 과일을 바다에 빠뜨리고 눈물을 글썽였을 때 알아챘어야 했다.

눈물이 걷잡을 수 없이 흘렀다. 할머니는 일어나려다 말고 내 머리를 쓰다듬었다. 나는 엉엉 울고 말았다.

휘이이잉. 휘이이잉. 숨비 소리가 들려왔다. 해녀들이 물속에서 꾹 참던 숨을 단번에 몰아쉬는 소리다. 할머니가 목소리를 낮췄다.

"한밤중에 들리는 저 소리는 누구를 그리워하는 소리란다. 그럴 땐 화답해야 해."

"네?"

나는 어이가 없어서 할머니를 바라보았다. 한밤중에 물질하는 해녀는 있다. 밤바다는 아름답지만 위험하다는 건 해녀들이 모를 리 없다. 할머니가 속삭였다.

"숨비가 아니야. 사이렌이지. 휘파람이라도 불어 보렴."

밤에 사이렌이 울린 건 빈이를 수색하던 날뿐이었다. 나는 고개를 숙였다. 할머니가 죽 그릇을 툭 치고 일어났다.

"모르면 됐다. 얼른 먹고 가."

나는 죽을 먹는 둥 마는 둥 하고 울다가 집으로 와 버렸다.

엄마는 온종일 연락도 제대로 받지 않고 보충 수업도, 학원도 가지 않은 나를 혼내 주려고 벼르고 있다가 내 얼굴을 보고는 나를 안아 주었다. 나는 흐느끼면서 말했다.

"엄마. 빈이가 왜⋯⋯."

엄마가 나를 더 꼭 안아 주었다.

"네 마음 알 것 알아. 빈이 엄마가 폭풍 치는 날 바다에 빠졌다고 했을 때 나도 믿지 않았으니까."

엄마 목소리가 눈물로 젖어 들었다. 내가 물었다.

"엄마도 빈이 엄마 이야기를 아는구나! 그날도 폭풍 치는 날이었어?"

"그럼. 친하진 않았어도 같은 학교에 다닌 좋은 아이로 기억해. 근데 빈이네에 대해 얼마나 소문이 많았는지. 빈이네가 빚이 많다느니 부부 사이가 안 좋았다느니 하는 말들, 다 사실이 아닐 거야. 너 초등학교 다닐 때 빈이 엄마랑 도서관 봉사한 적 있거든. 무척 행복해 보였어. 지금도 나는 절대 자살이 아니었다고 생각해."

"빈이는 속을 잘 모르겠어. 자살할 애는 아닌데 슬퍼 보일 때도 있었으니까."

엄마와 나는 서로 껴안고 엉엉 울었다.

퇴근해서 돌아온 아빠는 엄마와 내가 통곡하는 광경을 보고 조용히 저녁을 차렸다. 나는 해녀 할머니가 준 죽을 먹어서 배가 고프지 않다고 둘러대고 내 방으로 들어갔다.

"해인아."

엄마가 내 방문을 열고 따라 들어왔다. 엄마 손에 작은 앨범이 들려 있었다. 엄마가 앨범 사진 중 하나를 보여 줬다.

"이 사진 봐 봐. 이게 빈이 엄마 실종되기 이틀 전이야."

사진에는 초등학교 도서관 선생님과 몇몇 엄마들이 웃고 있었다.

"이분이 빈이 엄마야."

나는 빈이 엄마가 걸고 있는 목걸이를 한눈에 알아봤다. 빈이가 항상 걸고 있는 파란 조개 목걸이였다. 유품이었구나. 가슴이 쿵 내려앉는 기분이었다. 엄마 눈빛이 추억에 젖었다.

"원래는 빈이 아빠랑 나랑 대학 친구야. 걔도 나처럼 서울에 살았어. 어느 날 해양자연사박물관에 취직했다고 하디라. 여자 친구가 있는지도 몰랐는데 결혼하려고 왔다고 했어. 빈이 엄마가 바다를 좋아한다고."

말도 없고 잘 웃지도 않는 빈이 아빠가 보기보다 로맨티스트였나 보다. 엄마는 사진을 쓰다듬으며 말을 이었다.

"도서관 봉사하면서 빈이 엄마한테 고향이 어딘지 물었는데, 슬픈 얼굴을 해서 더 묻지 않았어."

엄마가 앨범 뒤편에 스크랩해 둔 신문 기사를 보여 줬다. 폭풍에 실족한 여성을 다룬 기사였다. 엄마가 혼자말하듯 나지막이 말했다.

"왜 거길 갔는지 모르겠어. 빈이도 그렇고."

내가 기사를 보며 작은 소리로 대답했다.

"내가 알아내 볼게."

엄마는 방을 나가면서 어떤 결과가 나오든지 받아들이자고 했다. 나는 알았다고 하고 일기장을 폈다.

빈이와의 기억이 다 적혀 있다. 생일날 밤은 너무 피곤해서 나중에 써야지 하고 쓰지 않았다. 나는 생일날 있었던 일들을 생각했다.

빈이는 내 생일을 축하해 줄 수 있어서 무지 행복하다고 했다.

"해인아. 고마워."

"뭐가 고마워? 설마 태어나 줘서 고맙다는 오글거리는 소리 하려는 거 아니지?"

빈이는 나를 만난 이후로 엄마를 이해할 수 있었다며 웃었다. 추억이 얼마나 큰 힘인지도 알게 될 것 같다고, 당연히 내가 태어난 것도 고맙다고 했다.

"전엔 엄마가 무책임하다고 생각한 적도 있었어. 네 덕분에 오해가 풀렸어. 정말 고마워."

진심이 느껴지는 말이었다. 나는 빈이의 웃는 얼굴에 눈이 먼 나머지 엄마를 이해할 수 있었다는 말에 대해 자세히 묻지 않았다. 빈이와 함께 있는 것만으로 마냥 좋았다.

"네 생일 땐 뭐 할까?"

빈이 생일 이야기를 하고 싶었는데 그때 전 남친과 마주쳤다. 나는 하필 이럴 때 나타난다며, 여전히 눈치가 없다고 비아냥댔다. 빈이가 내 어깨를 다정하게 감쌌다.

"나랑은 그럴 일 없으니 괜찮아."

나를 달래 주는 말이라고 생각했는데 갑자기 마음에 걸린다. 설마 자신과는 그렇게 마주칠 일 없다는 뜻이었을까.

나는 고개를 저었다. 그럴 리 없다. 자신과는 나쁜 감정을 품을 일 없다는 뜻일 것이다. 남친이랑 헤어질 때마다 정떨어질 만큼 싸웠다고 했을 때 빈이는 우린 설대 그런 사이가 되지 않을 거라고 했으니까. 그리고 시간이 흘러 어디에 있어도 나를 잊지 않을 거라는 말도 했다. 애써 불안한 마음을 잠재우는데 눈물이 흘렀다. 지금 생각하니 어디에 있어도, 라는 말이 마음에 걸렸다. 이 세상이 아닐 수도 있다는 뜻이었을까.

빈이는 쓸쓸해 보일 때도 있었지만 언제나 긍정적이었다. 뭘 좋아하는지 묻는 말에 뭐라고 대답해야 할지 몰라 조급해진 나에게 당장 인생을 결정할 수는 없다고 한 사람도 빈이였다.

내년이면 이과와 문과를 결정해야 하는 것도 부담이었다. 빈이는 올해 말까지 생각해 보면 된다고 나를 다독였다. 뭘 좋아하는지도 모르는 내가 한심하다고 했을 때 빈이는 자기 자신을 속속들이 다 아는 사람이 어디 있냐고 했다. 빈이의 말을 듣다 보면 자신감이 생겼다. 나를 응원하면서 빈이는 속으로 곪아 있었나 보다.

일기장을 덮었다. 지금은 도저히 일기를 쓸 수 없었다. 읽을 사람이 없는 연재를 하는 일은 외로운 법이니까.

Vissi d'arte, vissi d'amore

노래에 살고 사랑에 살며

non feci mai male ad anima viva

다른 누구도 해한 적 없고

푸치니의 아리아 한 소절을 부르다 멈췄다. 들을 사람이 없는 노래도 쓸쓸하긴 마찬가지다.

우리가 처음 노래방에 갔을 때였다. 내 목소리가 좋다고 한 남자 친구 앞에서 나는 노래를 잘 부르지 못했다. 목소리는 크고 울림도 있는데 노래와 어울리지 않는 목소리라는 생각마저 들었다. 빈이는 내가 노래하는 것을 귀 기울여 듣다가 나에겐 성악곡이 더 어울릴 것 같다고 했다.

"가곡? 나 안 해 봤는데."

"해 보는 거지, 뭐. 못하면 어때."

"그럴까."

나는 학교에서 배운 가곡을 불렀다. 내가 들어도 내 목소리는 맑게 울렸다.

"우아, 정말이네? 나 노래 잘하네?"

팜팜팜팜. 100점을 맞은 나와 빈이는 하이 파이브를 했다. 빈이는 나에게 마음먹으면 다 잘할 거라는 말도 해 줬다.

슬픔으로 가슴이 터질 것 같다가 화가 치밀었다. 아무 말 없이 가 버리는 건 무책임한 일이니까.

무책임. 빈이가 엄마 이야기를 하면서 무책임한 줄 알았다고 했다. 오해했다니까 무책임한 게 아니라는 말이다. 나도 지금 오해하는 중이면 좋겠다.

> 학교 앞 독서실에 빈이가 쓰던 사물함 비워 줘야 해. 빈이 아빠가 부탁하셨어. 내일 같이 갈래?

신우범에게서 카톡이 왔다. 나는 내일 만나자고 답했다.

다음 날, 엄마 아빠는 출근하면서 보충 수업에 가라고 했다.
나는 하루만 더 쉬겠다고 우겼다. 엄마가 나를 안아 주며 말했다.

"딱 오늘까지다."

듣는 둥 마는 둥 하고 시내로 가는 버스를 탔다. 신우범은 독
서실 앞 정류장에 쭈그리고 있었다. 나는 신우범 앞에 섰다.

"오래 기다렸어?"

신우범은 보충 수업 담당 선생님 눈에 띌까 봐 조심하는 중이
라고 했다. 그런 자세로 있는 게 더 시선을 끌었지만 아무 말 하
지 않았다. 신우범과 나는 독서실로 들어갔다.

"비밀번호 알아?"

사물함 앞에 서서 내가 물었다. 신우범이 눈을 크게 떴다.

"네가 알지 않아? 여친이니까."

나는 기억을 되새겼다. 빈이가 집 비밀번호와 학교 사물함 번
호는 내 생일로 정했다고 했다. 독서실도 똑같을 수 있었다.
0728. 내 생일을 눌렀다. 사물함은 열리지 않았다. 신우범이 한숨
을 쉬었다. 나 빼고 빈이와 친한 사람은 신우범뿐이었다. 나는 신
우범에게 물었다.

"너 생일 언제야?"

"9월 18일."

0918. 띠리릭. 사물함이 열렸다. 신우범은 비밀번호가 자기

생일이었다는 사실에 울컥한 듯했다.

나는 사물함을 들여다봤다. 천식 흡입기와 노트가 들어 있었다. 참았던 울음이 터졌다.

"왜 이걸 두고 갔어."

부쩍 심해진 천식 때문에 빈이는 어딜 가도 흡입기를 챙겼다. 이게 필요 없다는 건…….

엄마 유품인 목걸이를 내내 걸고 살면서 무슨 생각을 했던 것일까. 죽을 결심을 하고도 내 생일을 챙겨 주려고 기다렸나 보다. 그것도 모르고 나는 생일 선물로 받은 팔찌에 달린 진주와 빈이 목걸이의 조개껍데기 색깔이 같다고 팔짝팔짝 뛰었다. 커플템이라고 소리 높여 웃기까지 했다.

흑흑. 독서실에서 크게 울 수 없어 숨죽여 울먹였다. 숨이 막힐 지경인데 신우범은 자꾸 내 등을 두드렸다.

"진정해 봐."

"알았다고."

나는 신우범의 손을 뿌리쳤다. 신우범은 천식 흡입기와 노트를 가방에 넣고 나를 데리고 나갔다. 신우범이 말했다.

"노트에 내 이름이 적혀 있어. 빈이 실험 노트인데 말이야."

나는 숨을 몰아쉬고 눈물을 닦았다.

"너한테 주려고 그랬나 봐."

내 말에, 신우범은 너무 더우니 일단 어디로 들어가자고 했다. 우리는 학교 정문이 보이지 않는 골목으로 숨어들었다.

"여기가 좋겠다."

나는 작은 제과점을 가리켰다. 빈이와 몇 번 온 적이 있는 곳이었다.

"해인이 왔구나."

제과점 주인 언니가 빙수를 내주었다.

"빈이가 너 오면 주라고 미리 계산까지 했어."

주인 언니가 눈물을 훔쳤다.

"이런 게 너무 싫어. 좁은 동네라 다들 모르는 게 없어."

신우범이 고개를 숙이며 말했다.

"그래도 넌 시내 살잖아. 바닷가 바로 옆에 사는 난 더해."

나는 해녀 할머니가 빈이 엄마까지 다 알고 있더라는 말을 했다. 신우범이 맞장구쳤다.

"그렇긴 하더라. 그 할머니, 내가 빈이랑 죽 먹으러 갔을 때 내 얼굴만 보고 아빠가 조선소 다니냐고 했어. 우리 아빠도 어릴 때 너희 동네 살았거든."

신우범은 나랑 말하면서도 빈이의 노트를 훑어보았다. 내가 물었다.

"뭐 특별한 거 있어?"

"방과 후 수업에서 같이 했던 실험인데 잘 모르겠어. 잘 봐야지. 빈이가 괜히 주진 않았을 거야. 나중에 뭘 물어보려고 그러는지도 몰라."

나중에 물어본다……. 나는 속으로 신우범의 말을 따라 했다. 나도 빈이가 돌아온다고 믿을 수 있으면 좋겠다. 남자 친구에게서 얼마 동안이나 연락이 없어야 끝난 것일까.

신우범은 언젠가 빈이를 만날 것 같은 예감이 든다고 중얼거렸다. 그런 희망이라도 품고 있어야 버틸 수 있는지도 몰랐다. 슬픔을 이겨 내는 방법은 저마다 다른 법이다. 나는 화제를 돌렸다.

"그 공책 다 쓴 거야?"

"응. 마지막 실험이 방수 실험이었어."

신우범이 마지막 페이지를 펼쳤다.

내신 성공시킬 깃! 부틱해. 대학 가서리도 꼭!

나와 신우범은 말을 잇지 못했다. 다 녹아 가는 빙수만 우리 사이에 덩그러니 놓여 있었다.

신우범은 빈이의 부탁을 꼭 들어주고 싶다고 했다. 내일부터 학교에 빠지지 않을 거라는 말도 했다. 난 뭘 해야 할까. 멍청해진 기분마저 든다. 아무 생각도 나지 않았다.

신우범과 헤어져 우리 동네로 오는 버스를 탔다. 버스가 해양자연사박물관 앞을 지날 때, 아쿠아리움 직원이 빈이가 모임을 탈퇴한다고 인사했다는 말이 생각났다. 해변을 산책하는 사람들 인터넷 카페를 찾아보았다. 비공개인지 검색되지 않았다. 빈이가 인사 글을 남겼을 것 같은데 볼 수가 없다. 빈이 휴대폰으로 볼 수 있을까?

나는 빈이 아빠에게 전화를 걸었다. 빈이 휴대폰에 있는 사진을 다운받고 싶다고 했더니 얼마든지 좋다고 했다.

"빈이 방에 있을 거다. 가서 보려무나."

나는 막 출발하려는 버스를 세워 내렸다.

"빈이야!"

빈이네 집에 들어가기 전 빈이를 불러 봤다. 대답이 없을 줄 알지만 자꾸 부르고 싶었다.

텅 빈 집에서 빈이의 휴대폰을 찾아 포털 사이트에 접속했다. 가입한 카페 목록이 없었다. 인터넷 접속 기록을 살폈지만 이미 다 지워지고 없었다. 나는 실망해서 휴대폰을 내려놓았다.

내가 모르는 사이 빈이는 주변을 정리해 버렸다. 인정하고 싶지 않지만 나 역시 정리당한 것이다.

어떻게 집에 돌아왔는지 모르겠다. 미안하고 화가 나고 슬픈,

복잡한 마음이었다. 이런 마지막은 상상도 하지 못했다. 조금이라도 눈치를 챘으면 어떻게 해 볼 수 있었을 텐데 까맣게 몰랐다.

일기장을 책꽂이 뒤로 숨겨 놓았다. 커플 일기. 표지만 봐도 가슴이 아팠다. 그림과 오카리나도 숨겨 두려는데 그림 속 내가 나를 빤히 바라보고 있었다.

나는 그림을 쓰다듬었다. 그림을 그리면서 무슨 생각을 했을까.

'어?'

그림을 한참 만졌더니 색깔이 미묘하게 변했다. 착각인가. 빈이가 사라지고 난 뒤로 내 정신도 길을 잃은 듯하다. 자세히 보니 그림은 처음에 본 그대로였다. 그러면 그렇지. 책상 위에 그림을 내려놓았다.

"뭐야!"

나는 벌떡 일어섰다. 그림을 잡고 있던 엄지손가락 자국만큼 색깔이 변해 있었다. 방과 후 수업을 마치고 만났을 때 빈이가 신나서 말한 적이 있다.

"온도에 따라 변하는 잉크가 있더라. 우범이랑 같이 실험했는데 아주 재미있었어."

나는 허둥지둥 핫팩을 꺼냈다.

여기다 쓰라고 준 거였구나! 핫팩을 흔들어 열을 냈다. 그림에 가까이 대자 그림이 확 바뀌었다.

용바위에서 멍하니 서 있던 그림 속 내가 책을 들고 무엇인가 읽고 있었다. 노래하는 것처럼 보이기도 했다. 그뿐이 아니었다. 하늘 가득히 글씨가 나타났다.

너의 미래를 기대하고 응원해.

그리고 바다 저편, 빈이로 보이는 남자애가 박수를 치고 있었다.

"빈이야."

나는 한참 동안 그림을 보았다. 함께 나누지 못하는 시간을 아쉬워하는 마음이 고스란히 느껴졌다.

"해인아."

아빠가 퇴근해서 들어오며 나를 찾았다. 엄마가 조금 늦는다는 말도 전했다. 그림을 내려놓는데 쇼핑백에서 오카리나가 떨어졌다. 아빠가 오카리나를 주워 찬찬히 돌려 보았다.

"빈이가 준 거야?"

"응."

아빠는 잘 간직하라는 말을 건네고 식탁으로 내 팔을 끌었다. 아빠가 사 온 치킨 냄새가 진동했다. 그제야 나는 몹시 배가 고프다는 사실을 깨달았다. 빈이가 없어도 배는 고팠다.

아빠는 오늘 회사에서 있었던 일을 말하는 척하면서 나를 살폈다. 남자 친구 한마디에 기분이 오르락내리락하던 나였으니 아빠가 걱정하는 것도 무리는 아니었다.

"아빠. 내일부터 학교 갈게."

나는 애써 웃음을 보였다.

아빠가 유리잔에 콜라를 부어 주면서 말했다.

"씩씩하게 지내도록 노력해 보자. 빈이도 네가 그러길 바랄 거다."

"응, 알았어."

치킨 몇 조각을 삼키고 내 방에 들어가서 다시 그림을 보았다. 그림 속 나는 무엇인가 열심히 하는 듯 보였다. 빈이 나름의 마지막 인사였다.

빈이를 처음 만난 날처럼 엄마 아빠가 잠들기를 기다려 살금살금 나왔다. 나 또한 마지막 인사를 해야 했다.

준비는 벌써 마친 뒤였다. 옷 속에 수영복을 입고 방수 파우치와 노끈까지 챙겼다. 큼직한 수건도 잊지 않았다. 냉장고에 있는 자두와 복숭아를 다 털어 집을 나섰다.

늘 다니던 길이 낯설게 느껴졌고 담벼락 위 길고양이들만 눈을 반짝였다. 그날 밤도 오늘처럼 구름이 가득한 날이었다. 나는 선착장에 가서 옷을 방수 파우치에 넣고 용바위로 헤엄쳐 갔다.

밤바다는 낮에 보는 모습과 딴판이다. 훨씬 불친절하고 차갑다. 두려움이 몰려왔지만 빈이가 이 물속 어딘가에 있다고 생각하면 참을 수 있었다. 그동안 받은 응원에 대한 예의였다.

빈이에게 자두와 복숭아를 전해 주어야 한다. 빈이가 가장 좋아하는 과일이었으니까. 눈물이 계속 흘렀다.

용바위에 올라 과일을 꺼냈을 때였다. 빈이에게 배운 대로 매듭을 짓는데 용바위 반대편에서 인기척이 느껴졌다. 순간 소름이 쫙 끼쳤다. 이 밤중에 다른 사람이라니. 무서웠지만 누군지 알아보고 싶었다.

달빛에 양복을 입은 남자의 모습이 일렁였다. 어깨를 내리고 가만히 서 있는 뒷모습에서 슬픈 느낌이 묻어났다. 남자는 중얼거리고 있었다. 무슨 말인지 파도 소리에 섞여 잘 들리지 않아서 더 가까이 다가갔다.

"점점 더 숨 쉬기 어려워져서 어쩔 수 없었어. 수중 유전자가 너무 강한가 봐. 내 말이 닿았으면 좋겠지만 당신이 잘 위로해 주겠지."

수중 유전자? 무슨 말이야? 나는 더 가까이 가려다 해초를 밟고 미끄러지면서 큰 소리를 냈다. 남자가 돌아보았다.

"뭐, 뭐야? 아니, 너 해인이구나?"

나는 도망치려고 하다가 멈춰 섰다. 남자는 빈이 아빠였다.

"빈이 생각나서 왔구나."

빈이 아빠는 내가 가져온 자두와 복숭아에 돌을 묶는 것을 도와주었다. 나는 빈이가 한 그대로 손을 모아 저의 선물입니다, 외치고 자두와 복숭아를 파도에 실었다. 빈이 아빠가 한숨 섞인 소리로 말했다.

"우리 빈이가 네 생일은 꼭 챙겨 주고 싶다고 했다. 네 추억을 곱씹으면서 살 거다."

무슨 뜻인지 되물으려는데 빈이 아빠가 말을 이었다.

"저들은 한번 인연을 맺으면 잊지 않아. 보이지 않는 끈이 연결하고 있다고 하더라. 바다에 빠지는 일이 있으면 꼭 도움을 준다던데, 나도 해 보지 않아 모르겠구나."

빈이 아빠는 말을 마치자마자 어디로인지 전화를 걸어 지금 오라고 했다. 선착장에서 용바위까지 올 때 배를 부른 모양이었다. 어쩐지 양복이 히니도 젖지 않았다 했다. 고작 여기 오는데 배를 부르다니. 도시 사람 티 내고 있다.

그러다 퍼뜩 정신이 들었다. 빈이 아빠가 부른 배 선장이 날 본다면 난 끝이다. 엄마 아빠 귀에 고스란히 들어갈 테니까. 나는 먼저 가시라고, 바로 가겠다고 하며 바위 뒤편으로 자리를 옮겼다.

"해인아! 배 오면 같이 타고 가지 그러니."

"엄마 아빠가 알면 저 죽어요. 먼저 가세요!"

빈이 아빠가 떠난 뒤 나는 용바위에 서서 속삭였다.

"빈이야, 진짜 거기 있어?"

마지막 하나 남은 자두를 파도에 흘려보내고 눈물을 훔쳤다. 그때 발끝에서 차갑고 미끌미끌한 촉감이 느껴졌다.

"아이, 깜짝이야!"

나는 소스라치게 놀라 발끝을 내려다보았다. 뿌연 달빛에 등 딱지를 빛내는 작은 거북이 느릿느릿 움직였다.

"뭐야? 귀엽다."

나는 쪼그리고 앉아 거북을 보았다. 거북이 나와 눈을 맞추고 입에서 뭐를 뱉었다.

"어머나!"

빈이 목걸이였다. 내가 커플템이라고 좋아한 그 목걸이가 틀림없었다. 버젓이 보면서도 믿을 수 없어 목걸이를 한참 들여다보았다. 없던 글씨가 새겨져 있다.

강해인 ♥ 고유빈

온몸에 소름이 쫙 돋았다. 흩어졌던 퍼즐이 맞춰지는 순간이었다. 보이지 않는 끈이 연결하고 있다는, 한번 연을 맺으면 잊지 않는다는 말의 의미를 알았다. 내 추억을 곱씹고 산다는 말도 맞았다. 바다 사람이니 끝까지 잘해 줄 수 없다는 말도 이해가

갔다.

이미 그때 빈이는 바다로 갈 채비를 하고 있었다. 헤어질 걸 알면서 나를 만나는 마음이 어땠을까. 사진이 든 머그가 없어진 이유도 알겠다.

빈이는 나를 무척 아꼈다. 같이 있는 동안 최선을 다해 잘해 주었다. 나를 좋아하지만 함께 있을 수 없고 각자의 자리에서 잘 지내자고 만나는 내내 말하고 있었다. 그 사실을 내가 이제야 알아차렸을 뿐. 혼자 있어도 주인공이라는 말을 자주 해 준 이유도 그 때문이었다.

이제 알겠다. 빈이의 비밀을. 이제부터는 나의 비밀이기도 했다.

용바위에 파도가 부딪쳐 물거품을 만들었다. 나는 파도에 몸을 의지하고 선착장으로 헤엄쳐 나아갔다. 휘잉. 휘잉. 숨비 소리가 나를 따라왔다.

'이 밤에?'

문득 해녀 할머니의 말이 떠올랐다.

"숨비가 아니야. 사이렌이지. 휘파람이라도 불어 보렴."

세이렌이라는 말이었구나. 바다 사람. 세이렌.

휘파람으로 답을 하고 싶은데 잘되지 않았다. 오카리나를 가져왔어야 했다고 뒤늦게 후회했다. 나는 목소리를 높였다.

"다음엔 꼭 불어 줄게!"

밤바다를 헤엄쳐 나오면서 생각했다. 일기장에 이 믿지 못할 이야기를 써 봐야겠다고.

커플 일기보다 더 의미 있는 일이 될 것이다. 누구를 위한 일이 아닌 나 자신이 원하는 일이었다. 오래오래 간직하고 싶은 추억이 생겼으니까. 떠올릴 때마다 마음이 아프기도, 행복하기도 할 것 같다.

달빛이 파도와 나를 은은히 감싸 주었다. 빈이가 있는 밤바다는 이제 더는 두려운 존재가 아니다. 우리는 같은 바다에서 숨을 쉬고 있다.

빈이를 찾던 밤 달에 띄운 내 소원이 이렇게 이루어졌다. 비록 다시 만나지 못한다 해도 우리는 언제까지나 서로를 응원할 것이다.

밤바다를 가로지르는 내 팔에 힘이 들어갔다. 나는 힘차게 파도를 갈랐다. 휘잉. 휘잉. 세이렌이 울렸다.

'갈망'하는 청소년의 마음을 담아낸
일곱 편의 흥미로운 이야기

김여진(『피땀눈물, 초등교사』 저자, 좋아서하는그림책연구회)

10대로 산다는 일을 한 낱말로 정의할 수 있을까요? 알아요, 무모하고도 불가능한 일이라는 걸. 그러니까 더 해 보고 싶지 않아요? 언뜻 '뒤죽박죽'이라는 표현이 떠오르지만, 못내 아쉬워요. 10대의 뜨거운 체온을 담지 못하니까요. '분노의 질주'가 어울리는가 싶지만, 투우장에 내몰린 소처럼 이리저리 내달리다가도 내면으로 차분하게 침잠하는 10대의 무게감을 다 표현하진 못하는 것 같죠. 저는 10대로 산다는 건 '갈망'하는 일이라고 생각해요.

학원을 땡땡이친 열여섯의 어느 여름밤이었지요. 그해 여름은 온통 패닉의 <뿔>이라는 노래와 함께였어요. 아침에 일어났는데 머리가 간지러워 뒤통수를 만져 봤더니 뿔 하나가 돋아 있더라는 거예요. 이 사실을 주위에 알리려다가 그냥 관뒀다는 내용으로 노랫말이 흘러가요. 분명히 심상치 않은 일이 내게 벌어졌는데, 사람들에게 말했다간 눈총받을 게 뻔해요. 그렇다고 모른 척하려니 신경이 쓰이죠. 그런데 유별나고 귀여운(?) 뿔을 보란 듯이 뽐내고도 싶어요. 도대체 어쩌란 건지!

뭘 원하는지도 모르면서 줄곧 '갈망'하는 것이 저에게는 엄청난 숙제였죠. 아무도 검사해 주지 않는 숙제로 끙끙거리다니, 10대 시절 저의 갈망하는 마음은 시간이 흐르며 어떻게 구현되고 어떻게 사라졌을까요? 문득 이러한 궁금증이 생긴 것은 '갈망'하는 청소년들을 만났기 때문이에요. 최상아 작가의 『자아찾기ing』에는 '갈망'하는 청소년들을 결코 흔하지 않은 시선으로 바라본 일곱 편의 단편이 실려 있습니다.

* * *

AI가 그린 빛의 화가 렘브란트 풍의 그림을 보고 모골이 송연해졌습니다. '진짜'가 '가짜'로 하여금 손쉽게 대체될 수도 있다는 걸 목격한 순간이었으니까요. 「리플리」의 주인공 포타는 자신의 외모뿐 아니라 감정과 냉소적인 성격까지 꼭 빼닮은 휴머노이드를 제작합니다.

가족마저도 자신에게 거리를 두고 있으며 그 거리가 좁혀지지 않을 것임을 받아들였을 때, 포타에게 남겨진 선택지는 리플리입니다. 영화 <그녀>에서 테오도르는 인공지능과 사랑에 빠지지요. 「리플리」에서는 휴머노이드와 인간의 우정이 가능한지, 진짜보다 더 나은 '가짜'는 '진짜'를 대체해도 되는지, 독자에게 질문을 던집니다.

누군가를 남몰래 흠모하고, 열망하고, 간절히 원하는 마음은 아름답다고들 하지요. 「베프를 만드는 씨앗」에는 그 아름다움이 폭발하면서 토해 내는 파편에 살이 콕콕 찍히는 고통까지 함께 그립니다.

솔직해 보자고요. 내가 원하는 친구를 내 것으로 만들지 못할 바엔 차라리 파괴하고 싶다는 마음이 들기도 하잖아요? 병이 날 정도로 갈망해서 결국 친구가 '나의 것'이 되고 고유의 '자기다움'을 잃으면 이내 슬퍼지는 건 왜일까요. 서로 모르던 존재가 관계를 맺을 땐 아드레날린이 폭발할 정도로 짜릿하지만, 언젠가 관계에 종료 선언을 해야 할 땐 저릿해지죠. 결코 피할수 없어요.

인정 욕구와의 끝없는 투쟁은 걸음마도 못 뗀 아기 시절부터 시작되어 청소년기에는 가히 최고조에 달합니다. 파트리크 쥐스킨트의 『깊이에의 강요』에서는 젊은 여성 화가가 '뛰어난 재능이 있고 첫눈에 호감을 사는 작업을 하고 있음에도 깊이가 없다'며 공격을 받죠. 「모던 서동요: 슈크림 볼 소녀는 없다」의 선화도 그 화가와 닮아 있습니다. 더 이상은 남아 있는 게 없을 정도로 노력을 쏟아부었으나 '감정이 실리지 않는다'는 지적에 어쩔 줄 모릅니다.

자신의 성취에 만족하고 있지 못하는데도 친구들의 눈에 선화는 완전무결해 보입니다. 선화의 차마 입을 댈 수도 없는 순도 백 퍼센트의 고매함을 이용해 자신의 인정 욕구를 충족시키려 하는 누군가가 등장하기 전까지는요.

'타임 트래블' 장치는 불가능을 가능케 하고, 평범한 일상을 애틋한 사건으로 만들고 맙니다. 「시간 여행자의 방문」은 우리들에게 이런 상상을 하게 합니다. "시간 너머로 이동할 수 있는 능력을 누구를 위해, 왜 쓰고 싶은가?"

세상엔 논리적으로 설득되지 않으면 한 걸음도 떼지 않는 사람이 있는가 하면, 캄캄한 동굴 속에서 더듬거려 손끝에 잡히는 것이 희망적인 미래가 아닐 때도 거침없이 나아가는 사람이 있죠. 진정 안개가 긴 듯 아득하게만 느껴지는 건 바로 이것 아닐까요. 날 사랑하는 사람이 누군지 모른 채 사랑받는 기분은 도대체 어떤 건지 잠자코 떠올려 보는 일이요.

세상에서 가장 위안이 되는 말, "새로 시작하면 돼." "사람들은 금방 잊어버려." 도망치는 게 비겁하다고들 하지만 가장 현명한 방법일 때도 있죠. 「반딧불이」의 반디는 원래 다니던 학교를 떠나 대안 학교로 도망치듯 전학을 옵니다. 새로운 학교에 왔으니 산뜻한 새 출발을 하기 딱 좋은 시기 아닐까요. 반디를 아는 사람은 아무도 없고, 더는 용서를 구해야 할 대상도 없습니다.

학교 폭력의 피해자들을 조명하는 기존 작품들과 달리, 작가는 학교 폭력 가해자의 소시오패스적 심리 변화를 집요하게 쫓아가며 독자들에게 생중계합니다. 거칠게 흔들리는 '핸드헬드 카메라(hand-held camera)' 같은 작가의 필력에 숨이 가빠 옵니다.

어딘가 있다고는 들었지만, 내 주변엔 없는 것. 마치 유니콘 같은 것, 내게 어떤 계기로 닥치지 않는다면 영원히 판타지로만 남을지도 모르는 존재. 「두근두근, 터닝 포인트」에서는 날북 청소년의 학교 생존기를 그립니다. 강렬한 원색으로 살아가는 건 있을 수도 없고, 파스텔 톤을 띄는 것도 허락되지 않아 소년은 차라리 투명한 공기가 되기를 선택해요. 하지만 공기에 온기가 더해지면 몸을 부풀릴 테죠. 뜨거워진 공기는 어떤 방향으로 나아갈 거예요. 그땐 바람이 불어올 것이고요. 얼굴을 스치는 바람이 느껴지나요?

때로는 스러져 간 사람들보다 그들의 소멸을 지켜봐야만 했던 사람들이 더 가엾습니다. 「세이렌이 울리는 밤」은 청소년을 거의 파괴 직전까지 몰아갈 수 있는 사건을 다룹니다. 바로 연인의 상실이죠.

충분히 애도할 수 없을 때, 상실의 진짜 까닭을 찾지 못할 때, 남겨진 사람에게 주어진 몫은 절망뿐입니다. 해인이 밤바다에서 '그것'을 발견했을 때, 비로소 무한대의 무게를 지닌 절망이 한결 가벼워질 수 있는 걸 알았죠. 끝이 아니야, '정말로 이대로 끝은 아니야.' 하고요.

* * *

목이 말라 물을 한 사발 들이켜도 갈증이 통 가시지 않는 날이 있습니다. 그럴 땐 입 안에 물을 머금고 고요히 있어 보아요. 『자아 찾기ing』는 마치 물맛이 다른 일곱 잔의 물처럼 저마다 다른 맛이 나는 문장들로 가득한 작품입니다. 오래도록 입에 머금고 싶은 이야기들이지요. 이글대는 태양도 저녁이 되면 몸을 숨기고 잠을 청합니다. 발갛게 상기된 볼에 얼음이 든 차가운 잔을 대니 몸이 움찔할 정도로 상쾌해지고요. 우리는 이렇게, 제멋대로인 계절을 통과하며 온전한 나의 생을 갈망하고 있어요.

자아의 변주곡

어릴 땐 내가 세상 예민한 사람이라고 생각했는데, 자라면서 모든 인간은 섬세한 존재라는 것을 알게 되었다.

각자의 민감한 감성이 달라 서로 어우러지는 게 말처럼 쉽지 않다는 사실도 함께 깨달았다. 나는 어떤 사람일까. 역시 쉽게 정의 내리기는 어렵다. 담담할 수 있는 날의 나와 하루하루가 무겁게 느껴질 때의 나는 무척 다른 얼굴을 하고 있으니까. 같은 악기라도 솔로 연주를 할 때와 오케스트라 연주에서 느낌이 다르듯 상황에 따른 나도 그랬다. 인정하기 싫은 내 모습을 전부 받아들이는 데 오랜 시간이 걸렸다.

그 과정을 거치면서 한 가지 배운 점이 있다. 살아가는 일에는 늘 변수가 있고 그 변수 앞에서 흔들리지 않으려면 나에 대해 잘 알고 있어야 그나마 중심을 잡을 수 있다는 것이다. 단편 하나를 완성할 때마다 자아는 내 안에서만 빛나는 게 아니라 내 안의 너, 너 안의 나, 우리 안의 우리가 될 수 있다는 사실을 알았다.

'나에게 귀를 기울이기' 시절을 떠올리며 그때의 나를 담아내려고 노력했다. 그때도 지금도 내가 어떻게 변할지 모르고 불안하기는 마찬가지지만, 결국 나만 연주할 수 있는 정답을 찾아가는 중인 것 같다.

아직 일깨우지 못한 자신만의 소리를 차곡차곡 쌓아 가는 친구들에게 응원을 보낸다. 언젠가 그 소리가 눈부시게 울리기를 기다린다.

2023년을 시작하며,
최상아

자아 찾기ing

1판 1쇄 발행 2023년 1월 27일
1판 2쇄 발행 2023년 5월 26일

지은이   최상아

편집   이혜재
제작   세걸음

펴낸이   이혜재
펴낸곳   책폴
출판등록 제2021-000034호(2021년 3월 15일)
전화   031-947-9390
팩스   0303-3447-9390
전자우편 jumping_books@naver.com

© 최상아, 2023

ISBN 979-11-976267-9-1 (43810)

너와 나, 작고 큰 꿈을 안고 책으로 폴짝 빠져드는 순간
책폴

블로그   blog.naver.com/jumping_books
인스타그램 @jumping_books

이 도서는 한국출판문화산업진흥원의 '2022년 중소출판사 출판콘텐츠 창작 지원 사업'의
일환으로 국민체육진흥기금을 지원받아 제작되었습니다.